祝你快乐勇敢

果麦 编

上海文化出版社
SHANGHAI CULTURE PUBLISHING HOUSE

自由的而非奴隶的

进步的而非保守的

进取的而非退隐的

世界的而非锁国的

实利的而非虚文的

科学的而非想象的

——陈独秀·《敬告青年》

目录

向青年诗人进一言

［德］约翰·沃尔夫冈·冯·歌德 著
张亦琦 译

所谓的师长，乃是这样一种人：我们遵循他们的引导不断操练一门技艺，待日渐娴熟之后，他们再循序渐进地授予我们基本原则，我们遵循这些原则，便可最为稳妥无虞地达成自己所期盼的目标。

从这个角度来说，我并非任何人的师长。但若要我说说自己在德国人，尤其是在青年诗人眼中成了何种角色，我也许会说自己是他们的解放者。因着他们是由我方才得知，艺术家展露才华的过程与经历人生无异，均是个由内而外的过程，借由这种方式，无论人们如何作为，独立人格都将得以显露。

如此神清气爽、精神愉悦地进行创作，人无疑会展露出其生命的价值，无论宏伟还是优雅，抑或优雅的宏伟气度，均是自然所赋予他的。

我也能鲜明地感受到自己通过这种方式影响了哪些人，在一定程度上，一种天然的诗意由此产生，而只有以这种方式才能实现独创性。

所幸我们的诗歌技巧已经如此高超，优质内容明晰可见，令人惊喜赞叹的作品层出不穷。这种状况将不断提升，谁也不知道态势将发展到何种程度；然而每个人都应当自我了解、自我剖析，因为在这一领域没有外部标准可供参照。

至于一切取决于什么，不妨一言以蔽之：青年诗人应当只表达鲜活的、有持续效用的东西，无论其为何种形态；他应当坚决摒弃一切反对情绪、消极态度、诋毁之言语，以及一切仅具备消极特质的东西——因为这些东西任何事物都创造不出来。

我对青年朋友们的敦促之殷切无以复加，他们必得审视自我，以便在韵律表达日趋简洁之时谋求内容方面的不断进益。

然而诗的内容正是人们生活的内容；任何人都无法将其施与我们，旁人也许会使之黯淡，但无法使之消亡。对待一切虚荣之物，即毫无根据的自满之心，必得极尽严苛才是。

随心所欲地表白自己是件极为僭越的事，因为人们同时也表现出了自我主宰的意愿，而谁又有这样的本事呢？我要告诉我的青年诗人朋友们这样一番话：此刻你们并无规范，这种规范将由你们自己划定；每作一首诗，都请你们扪心自问，这当中是否包含你们的亲身经历，这段经历对你们是否有所裨益。

若你们为了一个被距离、不忠或死亡夺走的心爱之人而终日哀叹，那你们就没有从这一经历中获得裨益。即便你们为之付出了大量技艺与才能，这种哀叹依旧毫无价值。

人们应当专注于不断前进的生活，时常审视自身；因为这样才可及时求证我们是否富有生气，日后则能够反思我们是否曾经有过生气。

一八三一年

给青年文人的建议

[法]夏尔·皮埃尔·波德莱尔 著
顾琪静 译

你即将读到的建议是我的经验总结。经验意味着它包含一系列过错，每个人都或多或少犯过这些错误。希望我的经历在你的人生路上也能得到验证。

这些建议没有别的意图和用处，只为成为你的“随身指南”和《礼仪大全》，但此一作用已不容小觑。你大可把它想象成华伦夫人[1]满怀善意、挥洒才情写就的《礼仪法则》，或是某位母亲教导的“实用置装术”。在专门献给青年文人的这些建议里，我也怀揣着手足般的温情。

一、初入艺林时的好运与晦气

青年作家在谈及某位年轻同僚时，会带着欣羡的口吻说

1　华伦夫人（Warens）是指弗朗索瓦兹·露易丝·德·华伦。她是让-雅克·卢梭的情人，卢梭在《忏悔录》中描述了两人的关系。

道："开头就这么顺利，他的运气可真好！"殊不知每个"开头"前面都另有"开头"，在这个好"开头"之前还有无数不为人知的"开头"。

我不清楚是否存在"一鸣惊人"的事例，但更愿意相信：某位作家的成功，是在持之以恒的基础上，以肉眼不可见的算术或几何比例的小成功慢慢积累起来的。涓涓细流可以汇聚成海，"平地一声雷"的情况却从未发生过。

那些自称"运气不好"的人，只是没意识到自己积累的小成功还不够多罢了。

我明白，有千百种合理的情况可以束缚人的意志。这些情况组成圆圈，将意志囚禁其中。但这个圆圈是可移动的、有生命的、可旋转的，它的圆周和圆心每分每秒都处于变化之中。受到这个圆圈的影响，拘于其中的人类意志每时每刻都在变换与圆圈的关系，这种变化形成了自由。

自由和宿命是对立的两面，但无论是从远处看还是从近处看，它们都有同一个意志。

所以世间本不存在"晦气"。如果你觉得倒霉，是因为缺少某样东西。去了解你所缺少的东西吧，研究别人控制意志的方法，以便更容易地挪动你的"圆圈"。

举个例子。许多我喜爱和尊重的朋友，对于欧仁·苏和保罗·费瓦这种玩弄晦涩文字的作家大行其道十分窝火。但欧仁·苏等人的才华无论多么浅薄，还是存在的。我那些朋友的怒火却没有价值，或者说其价值正在削弱。因为这在浪费时间，而浪费时间是世间最没意义的事。问题不在于心灵或形而上的文学是否比流行文学更高级，因为这个答案非常肯定，至少于我而言是这样。但是如果你在自己想要介入的文学类型中，尚未拥有欧仁·苏在其领域中施展的才华，那么对你来说这个问题只能肯定一半。采取全新的方式点燃你的热情吧，在与他们相反的轨道上汇聚同样甚至两倍、三倍、四倍的力量，直到与他们不分伯仲。这样，你就不会对资产者恶言相向了，因为资产者也将追随你。那时候就是“成王败寇[1]”！因为没有什么比力量更真实。力量是至高的正义。

二、报酬

一栋房子不管多美，在它呈现出美之前，首先展现出来是它的高度和宽度。文学也是如此，内容价值最难估量，首先展现出来的是版面文字。文学的建造师不能单靠名声获利，应当千方百计地售卖自己的文字。

有些青年会说：“既然只值这点儿钱，何必白费力气呢？”这些人本可以交出传世之作的。原先阻碍他们的只是现实需求和自然法则，这样一来他们却被自己所阻碍了；本来报酬少，他们还能顾全体面，如今却彻底丢了颜面。

1 原文为拉丁语：vœ victis。

总结我在这个话题下能写出来的所有东西，有句极为重要的格言可供一切哲学家、史学家和商人思考：只有美好的感情才能创造出财富！

那些总说“何必为了这点儿报酬劳神费力”的人，日后一旦功成名就，就恨不得一页纸卖个两百法郎；万一时运不济，又恨不得次日就亏个一百法郎贱卖出去。

而理性的人会说：“我觉得它物有所值，因为我有才华。可是，若跻身你们的行列必须做出让步，我愿意让步。”

三、好感与反感

无论在爱情还是文学中，好感都是不由自主产生的。尽管这些好感仍需要接受检验，理智在后面终会显现出来。

真正的好感是无与伦比的，因为它将两个人合二为一。虚假的好感却令人厌恶恼恨，它会让两人对立起来，还不如最初的淡漠。因为淡漠也比憎恶强，憎恶是遭受欺骗和幻灭后的必然结果。

这也是我接受和欣赏“万众一心”这种情谊的原因，前提是它合情合理。这种情谊是自然的一种神示，也是“团结就是力量”这句至理名言的一次实践。

反感同样应当受到坦率和纯真法则的支配。但总有些人会冒冒失失地臆造出仇恨与欣赏。这太轻率，既无用也无益，还会树敌。不但无法给对手造成致命一击，还可能伤及在周围观战的人。

记得一次击剑课上，有个债主来找我麻烦，我用剑术把他逼到楼梯上。我的剑术教练是个能把我摔倒在地的大个子，但性情温和，在我回来后他说道："发泄完愤怒了！还诗人呢！还哲学家呢！呸！"我花了两次进攻的时间，搞得气喘吁吁，满面羞愧，还多了个鄙视我的人；而那个债主，其实与我并没有多大的过节。

事实上，仇恨是种珍稀的酒，它比波吉亚家族的毒药[1]还要昂贵，是用我们的鲜血、污秽、困倦和三分之二的爱意制成的。得省一点儿饮用！

四、抨击

抨击只能用来反对谬误。如果你是强者，去攻击另一个强者只会迷失自己。尽管你与对方在某些问题上各执己见，但总会在另外一些问题上意见相通。

抨击有两种方法：曲线抨击或者最短距离的直线抨击。

关于曲线抨击，在J. 雅南的专栏文章里，能看到足够多的例子。曲线抨击可以娱乐大众，却没有教育意义。

靠着几个英国记者的实践，直线抨击近来很受欢迎。但

1　波吉亚家族是文艺复兴时期影响整个欧洲的豪门，是一个被财富、阴谋、毒药、乱伦的阴影所笼罩的家族。他们经常使用一种名为"坎特雷拉"的祖传毒药。

它在巴黎已经过时，连记者加尼耶·德·卡萨尼亚先生似乎也把它忘了。直线抨击通常是这样的结构：某某先生道德败坏、愚不可及。接下来我会论证……于是论述开始了！第一、第二、第三，诸如此类。我向所有崇尚理智又有强硬手腕的人推荐这种方法。

抨击未遂是场不幸的事故，是支反弹回来的利箭，又或者是颗子弹，就算没在射出时擦破双手，也会在反弹回来时害死自己。

五、写作方法

当今的文人要写的很多，所以必须写得快、有条不紊，保证百发百中、箭不虚发。

要想写得快，就要勤思考。时刻沉浸在自己要写的主题里，无论是散步、沐浴、就餐，还是与情人在一起，都要想着。欧仁·德拉克罗瓦曾对我说："艺术是种理想主义的东西，它转瞬即逝，永远不会找到最合适的工具，也不会发现最便捷的方法。"文学也一样，我不支持涂改，因为这会扰乱思想之镜的映射。

在最杰出、最用功的文人中有一些人，比如爱德华·乌赫利亚，挥笔先会直接写上好几页，他们称为"铺画"，这种令人费解的行为是为了巨细无遗。之后每次誊写，再进行删减和修改。这么做固然卓有成效，却是在滥用时间和才华。

"铺画"不是给画布换个颜色，而是要薄涂起稿，在画布上铺一层轻薄透明的底色。在作者写下题目的那一刻起，心中的"画布"就应该铺好了。

据说，巴尔扎克的手稿和校样上遍布五花八门的涂改记号。一部小说的诞生几经周折，这耗损的不仅是句子的完整性，还有整部作品的统一性。也许正是这种糟糕的写作方法，导致他的文风常给人一种难以言喻的冗长、错杂和凌乱之感。此一点也是这位伟大"史学家"的唯一败笔。

六、每日的工作与灵感

狂欢不再是灵感的姐妹，我们已遏止这种不正当的情感关系。一些品性优良人才的迅速凋零和衰弱，足以证明这种关系是可憎的推论。

于多产的作家而言，营养丰富且定期摄入的食粮是他唯一的需要。每日的工作才是灵感的姐妹。同自然界的其他对立物一样，这两个对立物也不可分割。灵感同饥饿、消化、睡意一样，也能听从你的指令。人的意识中可能有一部分是上帝的杰作，但不必因此羞愧，要如医生对待身体机能一样，抽取意识中最光辉的"机能"。如果你愿意终日沉浸在对未来作品的冥想中，每日的工作便能服务于灵感。糟糕的写作时代已然过去，清晰易读的文字能发人深省，而冷静强大的思想可以让书写变得清晰。

七、诗歌

对于致力于写诗，以及在诗歌上小有成就的人，我建议你们绝不要半途而废。诗歌是回报最多的艺术之一，这种投资收益来得很晚，却很丰厚。

我想问问那些眼红嫉妒的人，能不能找出哪首好诗曾让出版商倾家荡产过？

从道德角度来看，诗歌促使头等和次等智士界线分明。最平凡的人也难免受其影响。我知道一些读者，他们常去读泰奥菲尔·戈蒂耶乏味的小说连载，只因他写过《死亡的喜剧》。这些读者可能无法品出这部作品全部的美，但他们知道戈蒂耶是个诗人。

为何惊讶呢？每个健康的人都能熬过两天不进食，却不能有哪天不读诗。

能满足人们最迫切需要的艺术，总是最受尊崇的。

八、债主

你们可能还记得一出名为《放荡与天才》[1]的喜剧。放荡者时常陪伴天才，却只衬托了天才的强大。不幸的是，对许

1 《放荡与天才》(*Désordre et Génie*)是大仲马创作于1836年的一出五幕剧，在法国的游艺剧院（Théâtre des Variétés）上演。故事主人公是英国著名话剧演员基恩。

多青年来说，这个故事展现的并非偶然现象，而是必然。

我强烈怀疑歌德就有不少债主；而霍夫曼，那个放荡者霍夫曼[1]却频繁地受需求所累，时时渴望脱身，然而他却在生活允许他展露天才的锋芒之际，死去了。

不要有债主。如果你们愿意的话，就假装有一个。这便是我的建议。

九、情人

我若留心支配道德和物质的对照规律，就必须把名媛、女学究和女戏子归到对文人有害的那一类。名媛必然属于两个男人，对于诗人专注的灵魂而言，这份“精神食粮”太过劣质；女学究有害，是因为她想成为男人却失败了；女戏子有害，是因为她对文学一知半解，总说似懂非懂的话。总之，她们都不是真正意义上的女人，对她们来说，公众比爱情更重要。

你能想象一位深陷爱河的诗人，被迫去看妻子的变装表演吗？要我看，他非烧了这家剧院不可。

你能想象这位诗人，被迫给资质平平的妻子写个角色吗？

1　E. T. A. 霍夫曼（1776–1822）是一位复杂且有争议性的德国作家。在 19 世纪的德国文学中，霍夫曼对欧洲的影响仅次于歌德和海涅。他的作品具有奇异和荒诞的色彩，被认为继承了歌德衣钵。但他个人生活放荡不羁，每次聚会必痛饮至深夜。最后损耗了健康，患病逝世。

而这位劳神费力的诗人在前排观众的挖苦下，得到的只有痛苦，这痛苦正是他最珍视的人通过这些观众带来的。而这个他最珍视的女人，不就是东方人来巴黎学习律法前，拼命抵制接触的吗？真正的文人都曾在某个时刻惊惧过文学，自由、骄傲，却又疲惫的灵魂，在第七日也需要休息[1]。对于这些文人来说，我认为只有两类女人适合他们：妓女或是笨女人，发泄情欲或是平平稳稳。朋友们，这还需要解释缘由吗？

一八四六年四月十五日

1　据《创世记》记载，上帝用六天时间造齐了天地万物，第七天休息，调整身心，并把这一天定为圣日。

奉命南游记

[英]罗伯特·路易斯·史蒂文森 著
陈少芸 译

想来是造化弄人，在抱恙的时候，我们被叮嘱去休养的地方多半美得不可方物。这些地方又常是我们早些年游历过或途经观赏过，并且印象深刻的地方。我们会幻想，这趟休养之旅能让我们重拾当初落在此地的生动与欢愉，聊以慰己。我们有机会去自在地行山远足，满足多年前那些未被满足的好奇心。当初的遗憾，也许是那些我们只望了一眼便被群山峻峦所淹没的山谷，也许是那些我们在夜里不见周公辗转反侧懊悔着的白天没有选择的拐角路，也许是那些我们差点登顶的巍峨山峰——此时我们会告诉自己，是时候将记忆中种种遗失的美好一一填补，将回忆中的种种阻碍也一一排除了。

这种期许是那么吸引人。当一个地方能上承回忆、下启期许，我们的心思就容易被它左右。我敢说，抱恙之人得知自己要被“流放”时，并不会感到多么沮丧，也不会觉得所抱之恙是生命中最不幸的意外。不过，他也未必会就此恍然悟到什么大道理。旅途中列车的颤动和慢行的车速，以及抱恙之人在两个熙攘白日之间的夜晚尝试入眠时内心那股躁动，都使他燃起激情，使他麻木的神经恢复往日的机敏。他可借机欣赏醉人的秋日风景，他看见那些云峰与平原、葡萄园与树林，仿佛都穿上了金秋的衣裳。像所有的寓言故事讲的那样，这层衣裳会在初冬时被冷风剥下，落成一地枯叶。再不然，坐在靠窗的车座上，欣赏沿途一一闪现的乡村美景。这一切虽短暂，也不失独特之趣。想象自己是掠过天空往下看的飞燕，或是出门跑差事的彩虹女神伊丽丝，这样俯瞰大地也未尝不可。偶然会遇见一些孩童对列车欢呼招手，可多半是一瞬的掠影，引不起多少注意。原上的羊群不受过路列车的打搅，仍埋头吃草。一个女孩坐在独木舟的舵柄上，看起来不失平衡却又很不稳当——假如此时冒出一只无头苍蝇，或是一条小鱼跳出水面溅起水花，也许就足以打破这一场微妙的平衡。飞驰而过的列车在她听来，不外是几百吨煤炭、木头和铸铁合成的一阵呼啸声。她沉静如斯，似乎根本没有发现列车经过——她不曾发端作出反应，不曾因此颤抖，也并未转头望来。说来，这就是火车出行最令我向往之处。慢行的火车自在从容，而且列车带我们所到之处，都只是途经、不作惊扰，这使我们能用心感受乡村的平静和安稳。人随飞龙般的车厢倾身前行，思绪却随心飘散，落到人迹罕至的车站。有些思绪飞速掠过白杨树间那条进城的绿荫小径；有些思绪则随着那位信号员——他正用手挡在眼睛上方遮光，望着长长的列车向美丽的远方驶去——留在了车站里。

再者，当抱恙之人发现自己终于越过那条隔开南北的模糊分界线时，他会瞬间被惊奇和喜悦的心情所冲击。不过，这一瞬又是莫测的。倘若他碰上窗外动人的色彩、迷人的花儿、醉人的芳香，这光景与色香稍作配搭，他也许就能早早意识到自己已身处旅地，神清气爽。倘若这天早晨天气还不错，他却一直等到南方的日光扒着百叶窗往车厢里瞧，再听到车窗下传来人们用方言交谈的声响，才反应过来，那么他的喜悦就来得稍微晚了一些。早也好，晚也不差，这股喜悦却不会退去，旁的其他快意也统统不会溜走。比起留在原地等着好心情登门，他亲自找到的这份欢愉会让他接下来好些天都神清气爽，也会给他的所见所闻都添上新的意义。还有一些东西，单单是因为生在南方，便天然散发着热情。人们一开口说话，他就会竖起耳朵留心听。他会开始急于追寻当地的美好，急于把山水的线条和风景的特色都深深印在心里，就好像这儿有人透露给他听，这些风景原本都归他所有——仿佛从前大地无情地将他拒之门外，如今许他肆意取回他的风景。即使是初次来的旅客，也会对此地有似曾相识的感觉。人人都会将当地的现实与记忆一一比对，在当地找寻记忆里那些熟悉的美好，一旦对上了，便欣喜若狂。这样的忘形，总让人错觉自己是从外地的尘嚣中回到了家，而不是漫游了好几小时才到了旅居之地。

然而，当抱恙之人真正抵达旅地，在他选好的一隅方居落脚安顿之后，他才开始切实感受他内心遭遇的变化。此地所有与他相关的事物，要么如记忆印象一般，要么不出他来前所料。此时此地此景，脚下还是橄榄园，眼底还是蓝色大海。芒通城身后裸露的滨海阿尔卑斯巧夺天工，没有什么可以动摇它的不朽壮丽。列车蜿蜒如长龙，也全然不能搅乱里维埃拉地区沿线连起一个个海湾的那条柔美谦和的轮廓线。这一切的一切映到他的脑中却仿佛成了徒然，抱恙之人此时心境淡漠，眼前的乐趣与他并无瓜葛。他的理性知道，似乎这边好看，那边也美。只是他的内心毫无波澜，眼前的光景其实一点也不美。此情此景，再给颓废的自己打气也是无济于事的。哪怕他选些视野开阔的地方站好，做一个目不转睛的看客，心存侥幸地静待一些早年印象中的欢愉心情重现，也同样枉然——那是自然，也许他偏选择了站在毕士大池边上，等天使来治愈他呢。他这趟来，就像一个热心肠的人带着一位冷漠而木讷的游客同来同往。就像有一个人同情他的境况而伴他同行，却又对此趟同行心不在焉；而这个人恰是他自己。这个世界于他已然幻灭。在他自己看来，他仿佛缚了双手去触摸世界，隔着面纱去观看世界。他在心底触碰到了生命的一系列音符，并且敲击它们，它们却始终不作声响——他的生命好像瘫痪了，变得麻木笨拙。他再也无法痛快承认，自己此时拖着的这副冷漠无情的皮囊，就是先前他所熟知的那个敏捷、矜贵而活泼的身体。

他很想将这一切的丧气归咎于气候的柔软和舒适，想着自己家里那种严寒的冬日天气，兴许就能让那些麻木的情绪苏醒并且重新焕发活力。在这种时候，他的内心极度牵挂落雪时天地的一番亮白和静谧。啊！他的乡愁，乡愁是他家乡的严冬气候，乡愁是清晨家里窗户玻璃上霜冻结成的花纹，乡愁是一场初雪不情不愿地落地，乡愁是初雪之后白色屋顶映衬着的阴沉天空。然而，牵出这些挂念的源头又是最不牢靠的：只要当地的气温能稍降到地中海普通水平之下一点儿，或者一阵寒风从落雪覆盖的阿尔卑斯山后刮来，他那些别致的乡愁立马就能烟消云散。家乡寒冷的街上的许多苦涩回忆，点点滴滴浮现在眼前，萦绕在心头。门廊里流浪汉无望而瑟缩成团的样子，赤脚的孩童在结冰的人行道上畏缩滑行的步伐，下雨的街道在午后散发出的光泽，股栗衣单的穷苦人衣裳被雨打湿后显出的瘦骨嶙峋，冰天雪地里的房屋被冻得仿佛变脆了的那些天里东北信风的嘹亮呼啸声——这些记忆和许多相似的记忆一股脑如潮水涌来，把方才同样由家乡冬景唤起的那些聊以慰己的梦幻记忆一一排挤掉，甚至嘲讽了一番。至此，他对自己处于旅地的境况再庆幸不过了。要是大家都在此地，那就更好了。是啊，要是家乡的流浪汉也能在这里的暖阳下小憩一番，孩童们站在这里的地面暖暖他们的赤脚；要是世间没有严寒，没有衣不蔽体，没有食不果腹；要是人人都能如他此时的境遇一般，那可就好了！

毕竟，这抱恙之人只是抱恙，又不是病入膏肓。倘若只有寥寥几样印象流进他这个木然的脑袋里，那么每当出现一样，必会因其稀有而更显得它所带来的喜悦来之不易。在这些偶然回归的愉悦心情中，藏着一丝悲情。在最失意的时候，他的内心会轻易被这些愉悦激起涟漪——一些无关紧要的小事就能让这些愉悦萌芽绽放。正如我的一个朋友曾对我说的一句话，“快乐的精魂”常常乘着小小的翅膀飞来。我们在美丽的大自然中撷取的乐趣本就是反复无常的。有时，我们无意寻它，它却自行造访；有时，我们满心期待它会到来，它却下落不明，任由我们好些日子对着美景呵欠连天。我们也许曾经一千零一次路过同一个地方而无动于衷，却在第一千零二次路过它时，它忽而闪着一抹真实的光彩，从周围的沉闷中脱颖而出。我们以“儿童亲近自然的天性”尽收这个地方的光彩，好似华兹华斯在湖畔看到水仙遍地开放一般。倘若这种情绪变化对健康人已属反复，那么更何况抱恙之人呢？有那么一天，他会初见紫罗兰，他会享受心里那一阵令人合意的惊奇——是什么样的魔力，让地下这些冰凉的土疙瘩，只消配上索然无味的空气与雨水，就冒出了如此丰富抢眼的色彩和动人甜蜜的香气？他也总有可能看见一群浣衣妇在卵石滩的一处，面向蓝色大海稍事休息，或是在橄榄园子里温和的日光下撞见采花者们的会合。这些类聚其中的意味，以及这些南方女人着装中典型的淡色的和谐感，会在不经意间跟随他返回家乡。这些印象日后会提醒他，让他记起他曾心满意足地告诉自己，又多一项美好的经历让人生更加富足。

抑或是更加细微的事：比如当日光仿似迷了路，目光所及之处采光暗淡时，因他移动了遮阳篷，日光突然闪亮登场，洒满了散着石子、长着杂草的那一两码路面。何止呢，还有橄榄园子千变万化的样子。园子里的颜色无论如何都是拿捏不准的，它总在变：你看，你可能会说这是绿色，哦现在是灰色了，哦不，现在又是蓝色。再看，树木叠着树木就如同云朵叠着云朵，互相交汇的朦胧叠着朦胧。再定睛，树叶随任性的风摇动起来，原本交错形成的叶之海裂出了许多间隙，瞬时透出的光亮又被树影斑驳所遮盖。但一千个人会看到一千个世界。有些人心生欢喜的瞬间可能来自其他事物的撩拨。在他们的回忆中，或许最鲜活的印象是那些头顶重负的女子依旧柔雅轻盈的步履，那藤茎、裸岩与日照交织的热带风情，那一丝置身柏树林间的畅然舒怀，那些总被旋风挥舞掠袭、被风惊扰而看起来忙碌不已的海松，那微风拂过爱神木与香草丛时如纯情少女的阵阵清香，那在金黄色晚霞中庄严陡斜而耸然立着的群山。谁知道呢。

无疑，如此强烈的感知瞬间要由许多元素构成。而这些元素要在和谐的共鸣间形成愉快的交汇，才能形成这些瞬间。他在牧草和荒野中来回往复地翻滚之后，蓦然之间遇见片刻的全然安宁，再看风景，就是完全不同的心境了——像是此时不再收敛的阳光顷刻迸发，又像是伟大的艺术家杰作的收尾一笔。试问谁能忘怀这一刻的心情呢？可不止是心境的改变，哪怕是偶然扑鼻的一阵香气，忽然扬声的鸟鸣，或是从看不见的遥远他方海洋飘来的潮水气息，空中飘行的云朵洒下的光影，近乎虚无却让他全身上下最细小的神经细胞为之震颤——不仅是这些微妙的触动，心间通常还有一只无形的手，对我们所感知到的欢愉再作一通精雕细琢。

身外的环境已然如此多样和微妙，体内还要更甚。所罗门说过，世人永远探索不尽世界之始终，因为世界本就在世人心里。因此，任何人也不可能全然理解世人身上多种元素间的和谐共振便能创造出欢愉喜乐的始终。这是因为，人类的体质结构微妙至极，有些东西绝无法被观察。我们一合计，发现自己可以观看世界，可以聆听世界，可以触摸世界，便以为我们与世界的交互即是如此。其实，我们在感触身外环境时，不单有这三种观感，还有一些神经细胞更为敏锐动感，以及无比精细的大脑。这些东西之于世间之美，就如同眼睛之于所视，耳朵之于所听。我们赞叹壮丽的景观和美丽的画作，然而真正令人钦佩的是我们的心智，因为它能将景观和画作里那些散乱的元素整理妥当，按我们内心的偏好，将无章法的光线与暗影拾掇成易懂的东西，我们才可称之为景观和画作。艺术评论家黑兹利特曾在文章中畅谈过他徒步一家一家拜访一些大人物的居所，逐家欣赏他们的艺术品的经历。他此举比这些高贵而富有的艺术品主人们胜了一筹，因为他们那些价值连城的财产，尽数由他享用——主人们为艺术品花了钱，黑兹利特却享用了这些艺术品带来的快乐。这可太让人志得意满了。有人为能买下画作而努力，有人则为能欣赏画作而努力。两种人都在兢兢业业中攒下可传承给后代的天资。有人为自己挣下了财富，有人则为自己创造了生活的精髓。当一个人能为自己择下更好的道路，他对人生的长远掌控就远比大多数聪明人更为明智，我得重申一遍，这真太让人志得意满了。但话说回来，选对了道路，这明智也并非绝无边界。毕竟大脑也是私人财产，只是作为财产显得不甚具象。它历经了开发和训练，成为人类享乐的主要器官，而与此同时又附带了不可避免的忧心和失望。这些细致的感受可将原本粗糙的身外之美升华至内心和谐的美，人的快乐很大程度上取决于此。由此，有时他的神经衰弱也许不足为他人所感，却能扰乱他的人生轨迹，削弱他的快乐，而且如梦魇静候在他失败之处，萦绕在他仍有欲望之时，徘徊在他对世界和人生已然不抱幻想之日。

这倒不是什么精神麻木，只是抱恙让人提前步入了老年。那些他答应自己要完成的短途远足，对他孱弱的病体来说路途太长，也太费劲；那些处处障碍的小山仍如从前一样无法翻越。许多安然坐落在这世外海角一隅的白房子和山腰上的繁茂树木，日继一日地撩拨他的心弦。一切却像极了千岩万壑的云朵，他的双足力有不逮。这种奇妙的距离感会逐日加强，而他经过几天的狂热努力和烦躁交替之后，会安下心来慢慢接受现实——他终究被这副皮囊拖累了。这副瘦长又圆润的皮囊逐渐变得舒适，就像囚犯慢慢适应了那间小小的牢房。他这病体方才从生命活力的竞赛中退出，这会儿连休养之地的浅水涡流都参与不了。乡里的本地人来来去去理着日常的点滴琐事，外地来的旅人在尽兴的派对上进进出出。这些活动让他内心骚动不已，但这只是他自己的事情。他总躲在隐蔽的角落，慵懒地晒太阳。他仿佛把自己拔高到上帝的视角，置身事外地旁观一切。这种心情，就像一个人遥想与自己相隔多代的子孙命运，或者遥想他夜里植下的橡树多年后茁壮的模样时的所感。

若他总偏离正轨，总在独享静谧，总想脱离人群，那么他终会平稳进入坟墓的终极静谧并且意图脱离，在此之前不会有任何突发的预告。这种麻木的钝感让他温顺地做好准备，迎接应对死亡时的终极钝感。于他而言，想到死亡不再感到暴力和残酷了，与其说死亡是一种突如其来的灾难，倒不如说是一个以无穷细小的节奏逐步进阶的过程，而死亡就只是长期衰落的最后一次进阶步骤。当我们躺在床上辗转反侧，我们的动作每时每刻都趋向微弱，动作幅度也在逐渐变小，心神逐渐安宁和从容，一经入睡便不再动弹，内心的欲望也一件一件消失。日复一日，他的体力渐渐减少，活动范围越来越小。他感觉到，倘若他像这样温和地从生活的热情中逐渐断掉念想，就会慢慢感知对死亡的麻木，最终死亡会在适当时悄无声息地出现。要让意气消沉之人从容面对人生最后一个仇敌，自然得用这种轻微淡和的方式；它并非使用暴力一下将他拉扯拽去，而是轻描淡写地说服我们，让我们从那个不再快乐的地方离开。随着活力慢慢退场，死亡开始进驻他的身体，但入场速度远不及活力让一切凋零的速度。他已全然无用武之处，对自己也全无乐趣，可他却仍活着。假使他已经不再可能复原，假使他将永远不再年轻，不再健壮，不再拥有热诚；假如现实于他将变得事不关己，倘若他想起现实却觉现实如他人书中所述，或如对遥远过往的回忆；倘若此时黄昏刚拉开夜幕，他绝不会真心祈祷这伤眼的暮光持久，只会坚定地等待永恒黑暗的来临。他也许会祈祷美狄亚降临：万一她真的来了，就请她对他施巫术吧，要么令他恢复青春，要么将他杀死。

孰知，仍有许多亲切的纽带将他与这世界牵连在一起。膝下有孩童对他来讲意义重大，或许年纪见长者都如此，但其他人就未必了。如果他向来慈悲，对生命的眼界不限于私自的欢愉和发祥，能从更宽广的视角看待生命，也许死亡的步步逼近几乎毫发也不能改变或损耗他的思想。他知道，英格兰的农庄里，播种机在犁田的农夫身后孜孜播种，白嘴鸦跟在播种机后头盘旋；他也知道，也许他命不久矣，再不能回家目睹玉米萌芽、成熟，最终被农夫欢喜收割带回家的情景。然而，持续的旱情或者不当季的暴雨，仍让他如从前一般牵挂不已。对于这些他再关心也无法左右的事，他早已习惯了饶有兴致地旁观。他习惯了为富饶丰收而欢喜，为饥荒而难过。其实无论丰年荒年，他自己的所得都相当稳妥，既不因欢喜而多半条面包，也不因难过而少半条面包。因此，他对人类与未来的无私愿景始终不变，这无私愿景又反哺了他莫大的慰藉和鼓舞。他的愿景全然超越了任何危及自身命运的遭遇；这一点，无论他早于他所描绘的美好时代前五千年，甚至再早五十年去世，都不会有什么差别。他不曾欺瞒自己；他从一开始就知道，自己若跟随火柱和云柱的引领，最终只会在旷野中灭亡，但这让他人能够带着喜悦进入应许之地。所以，当他的一切都变得苍白和从容，生命走下行坡路，步向衰亡，这些依旧绚丽的意象会伴同他心里的哀伤，声色友好地跟他一同叩响死亡的大门。从前健康的日子里，他对爱和名誉的欲望都不如现今他这些慷慨的愿望强烈。此时，生命超越了生命本身，当他面临不可逾越的鸿沟，双手摸索着前行却再也无能为力的时候，他的眼睛里仍闪烁着希望的光芒。

最后，他被对朋友们的眷念深深束缚住了。或者应该说，是朋友们对他的眷念。正是朋友们对他不变的挂念和关爱，使得他虽身躯不再，却将一直交织着活在别人的生命里。他将以千种方式存在人间，永垂不朽。埃蒂安·德拉博埃蒂虽不在人世，但他的莫逆之交蒙田多年来在许多美妙的文章中与他滔滔不绝地对话，他的许多思想并未随他而去。当晚年的歌德重游故地，人们不认识他，也再不能在他的诗歌里得到慰藉时，真正的歌德很大程度上就已经死去，他残余的生命在不久之后也随之故去。当我们想到我们所追寻和最为珍惜的东西，发现我们在与朋友通话的时候最感荣耀和快乐，我们会觉得，我们若离世而去，朋友们的损失要远甚于故去的我们。一个帝国的君主应该更关心那些他所熟知或大臣告知他的边远殖民地，而不是他所处的主要疆土。我们不也一样吗？我们更关心的是自己在其他人心里的印象，而不是自己对自我的认同，或体内辛勤劳作的动静脉，或细微的神经活动。他人脑中那一部分印象对我们来讲是遥远的，但确是属于我们；而后者，才是我们自己主要的疆土啊！这部分是我们所熟知的（就像我们知道的几何公式一样），是我们的根源，也是自我的实质。我们所爱的每一个人的死去，我们脑里相当一部分体面的自己也会随之消逝，那些曾经的亲密关系会将我们狠心剔除。也许，在没有我们的漫长日子里，他们虽活着，但直到他们的生命和影响力逐渐坍缩到他们的精神所能承受的最小限度，到最后死亡来临将他们一举毁灭之前，他们也不见得好过。

补充

说实话，最后我必须再给这篇文章写上几句话，以自证资格。毕竟我在这篇文章中把自己当作稍老一辈，给年轻人传授了一点略微不一样的智慧嘛。

有这样一个年轻人，他喜欢泛泛地思考，不喜欢受特定的束缚。他会在小路上慢跑，追赶蝴蝶，也会礼貌地为人类的进步和正义与仁慈的国度来临而欢呼。他年纪渐长，开始往细致里思考人们的行为，并且尤其自负地看待自己的行为。他若长生不死，他并无自信自己的所为能给世界带来什么颠覆——也许他最后毫无建树呢；但若他不能免除死亡，他对自己的故去给世界留下的空白倒有远高于此的理解。这个年轻人觉得自己对世界是个负担；他的存在就是一种痛苦——他没有使命，没有可取之处；除了父母以外，他没有任何牵挂。这一切他当然都打算忽视了。他在年轻时所遭受的苦难，不见得得到了多大的补偿；但到了最后，我们要么超脱了事实，要么超脱了所感。我们要么麻木地习惯了自己在世上这副无用的皮囊，要么得到朋友们的爱切和关注，高度地参与生活的事务——这样，我们就不再需要考虑生死权利的问题了。选择后者的是大多数，感谢上帝。

恰是因此，在大多数情况下，一个幻想自己垂死的人会从这篇文章所表达的年轻观点中得到冰冷的安慰。他作为一个活着的人，生命中有一些人需要帮助，有一些人要去爱，有一些事要去改正，也许还要遭受一些惩罚。他挥这些责任而不去，这不是整个人类的责任，只是他自己的。是他，不是别人，是他母亲的儿子，是他妻子的丈夫，是他女儿的父亲，不是别人。他的生命本微小如尘，如今成长了，便与无数人拉扯上千丝万缕的联系。这却不是不可缺少的，其他人也会担起应履的责任。人的品性越好，理想越高尚，他便越容易哀叹自己力量的消亡和自我的遗失。活在一个年代，不只是在复杂的家庭环境中传递香火而已，而是要承担数不清的责任。死在某个年纪，除了是身而为人的必然，还是某种程度上的背叛。他不只会思考，在那将不再属于他的未来，他也许会做出什么惊天动地的所为；倘若他早早做了逃兵，他还要暗自嗟叹自己可能做过的好事。曾经的自己已多么无用，如今还要弃掉所有再起的希望——这是死亡和记忆对他的猛烈攻击。即使人类继续前行，建立英雄之城，践行英雄末德，不断发展壮大，那又如何？即使他未竟的事业后继有人，他的朋友们得到了慰藉，他的遗孀嫁了更好的男子，也全然无关。人生本是他在世上唯一要经营的事业，他断续追寻着的人生如今却要如此无力地结束，这事后的一切蓬勃怎能改变他对生命的评断？

一八七四年

摘自《致少男少女》

致青年的信

[法]爱弥尔·左拉 著

顾琪静 译

青年，青年！请回忆一下，你的父辈经历了多少苦难，打下了多少骇人的战役，才有你今日的自由。你无拘无束，随心往来，能在媒体上发表所思所想，可以公开表达意见。这些都是你的父辈用智慧和鲜血换来的。你没有出生在专制年代，不明白每日清晨被主人一脚踹醒是何滋味，没为躲避独裁者的大刀而抵抗过，也没为邪恶审判者虚晃的威压而斗争过。请感谢你的父辈，不要去做为谎言喝彩的勾当，不要助长暴力，也不要为狂热者的偏执和野心家的贪婪推波助澜。专制统治早已穷途末路。

青年，青年！要永远与正义为伴。如果心中的正义黯然失色，你将危在旦夕。我对你说的并非律法的正义，因为司法公正仅仅是社会关系的保证。我们应当尊重法律，但正义还有更高深的概念：它在原则上认为对人的任何判定都可能出错，认为囚犯也可能无辜，但这并非蔑视法官。这难道不是一场冒险吗？它会激发你爱上正义。你还是白纸一张，从未与人为敌，从未参与利益斗争，也没牵扯进任何可疑的事，如果你不站出来，还有谁能寻求该有的公道？还有谁能带着纯净与美好的心高声疾呼？

青年，青年！要仁慈，要宽厚。当我们说起有个无辜者遭受酷刑，为此忿忿不平、伤心不安时，请你与大家站在一起，即使我们是在自欺欺人。在如此恶劣的刑罚面前，怎么可能丝毫不怀疑它是错的呢，怎么会不揪心、不流泪！当然，凶残的“狱卒”还是无动于衷。但是你，你还会哭泣，应当对一切的不幸与悲惨都感同身受！如果某处有个受难者正遭受仇恨的折磨，你怎会不生出骑士的梦，怎会不去支持他、把他解救出来呢？若不是你，还有谁会去尝试这崇高的冒险，还有谁会投身于这场危险又壮丽的事业，还有谁能代表理想的正义，为民众抗争呢？再说，看着前辈和长者慷慨激昂地干着本应该你去完成的英勇事业，你不会觉得羞愧吗？

一八九七年十二月十四日

摘自《致青年的信》

祝你快乐，勇敢

［奥地利］莱内·马利亚·里尔克 著
冯至 译

好好地忍耐
不要沮丧
你想，如果春天要来
大地就使它一点点地完成

我的亲爱的卡卜斯先生：

你不会得不到我的祝愿，如果圣诞节到了，你在这节日中比往日更深沉地负担着你的寂寞。若是你觉得它过于广大，那么你要因此而欢喜（你问你自己吧），哪有寂寞不是广大的呢；我们只有“一个”寂寞又大又不容易负担，并且几乎人人都有这危险的时刻，他们情心愿意把寂寞和任何一种庸俗无聊的社交，和与任何一个不相配的人勉强和谐的假象去交换……但也许正是这些时候，寂寞在生长；它在生长是痛苦的，像是男孩的发育，是悲哀的，像是春的开始。你不要为此而迷惑。我们最需要的只是：寂寞，广大的内心的寂寞。“走向内心”，长时期不遇一人——这我们必须能够做到。居于寂寞，像人们在儿童时那样寂寞，成人们来来往往，跟一些好像很重要的事务纠缠，大人们是那样匆忙，可是儿童并不懂得他们做些什么事。

如果一天我们洞察到他们的事务是贫乏的，他们的职业是枯僵的，跟生命没有关联，那么我们为什么不从自己世界的深处，从自己寂寞的广处（这寂寞的本身就是工作、地位、职业），和儿童一样把它们当作一种生疏的事去观看呢？为什么把一个儿童聪明的“不解”抛开，而对于许多事物采取防御和蔑视的态度呢？“不解”是居于寂寞；防御与蔑视虽说是要设法和这些事物隔离，同时却是和它们发生纠葛了。

亲爱的先生，你去思考你自身负担着的世界；至于怎样称呼这思考，那就随你的心意了；不管是自己童年的回忆，或是对于自己将来的想望——只是要多多注意从你生命里出现的事物，要把它放在你周围所看到的一切之上。你最内心的事物值得你全心全意地去爱，你必须为它多方工作；并且不要浪费许多时间和精力去解释你对于人们的态度。到底谁向你说，你本来有一个态度呢？——我知道你的职业是枯燥的，处处和你相违背，我早已看出你的苦恼，我知道，它将要来了。现在它来了，我不能排解你的苦恼，我只能劝你去想一想，是不是一切职业都是这样，向个人尽是无理的要求，尽是敌意，它同样也饱受了许多低声忍气、不满于那枯燥的职责的人们的憎恶。你要知道，你现在必须应付的职业并不见得比旁的职业被什么习俗呀、偏见呀、谬误呀连累得更厉害；若是真有些炫耀着一种更大的自由的职业，那就不会有职业在它自身内广远而宽阔，和那些从中组成真实生活的伟大事物相通了。只有寂寞的个人，他跟一个“物”一样被放置在深邃的自然规律下，当他走向刚破晓的早晨，或是向外望那充满非常事件的夜晚，当他感觉到那里发生什么事，一切地位便会脱离了他，像是脱离一个死者，纵使他正处在真正的生活的中途。亲爱的卡卜斯先生，凡是你现在作军官所必须经验的，你也许在任何一种现有的职业里都会感到，甚至纵使你脱离各种职务，独自向社会寻找一种轻易而独立的接触，这种压迫之感也不会对你有什么减轻。到处都是一样；但是这并不足使我们恐惧悲哀；如果你在人我之间没有和谐，你就试行与物接近，它们不会遗弃你；还有夜，还有风——那吹过树林、掠过田野的风；在物中间和动物那里，一切都充满了你可以分担的事；还有儿童，他们同你在儿时所经验过的一样，又悲哀，又幸福——如果你想起你的童年，你就又在那些寂寞的儿童中间了。成人们是无所谓的，他们的尊严没有价值。

若是你因为对于童年时到处出现的神已经不能信仰，想到童年，想到与它相连的那种单纯和寂静，而感到苦恼不安，那么，亲爱的卡卜斯先生，你问一问自己，你是不是真把神失落了？也许正相反，你从来没有得到他？什么时候应该有过神呢？你相信吗？关于神，一个儿童能够把住他，成人们只能费力去负担他，而他的重量足以把老人压倒？你相信吗，谁当真有他，又能把他像一块小石片似的失落？或者你也不认为吗？谁有过他，还只能被他丢掉？——但如果你认识到，他在你的童年不曾有过，从前也没有生存过；如果你觉得基督是被他的渴望所欺，穆罕默德是被他的骄傲所骗；如果你惊愕地感到，就是现在，就是我们谈他的这个时刻，他也没有存在；——那么，什么给你以权利，觉得缺少这从来不曾有过的神像是丧失一个亡人，并且寻找他像是找一件遗失的物品呢？

你为什么不这样想，想他是将要来到的，他要从永恒里降生，是一棵树上最后的果实，我们不过是这树上的树叶？是谁阻拦你，不让你把他的诞生放在将来转变的时代，不让你度过你的一生像是度过这伟大的孕期内又痛苦又美丽的一日？你没有看见吗，一切发生的事怎样总是重新开始？那就不能是神的开始吗？啊，开端的本身永远是这般美丽！如果他是最完全的，那么较为微小的事物在他以前就不应该存在吗，以便他从丰满与过剩中能够有所选择？——他不应该是个最后者吗，将一切握诸怀抱？若是我们所希求的他早已过去了，那我们还有什么意义呢？

像是蜜蜂酿蜜那样，我们从万物中采撷最甜美的资料来建造我们的神。我们甚至以渺小、没有光彩的事物开始（只要是由于爱），我们以工作，继之以休息，以一种沉默，或是一种微小的寂寞的欢悦，以我们没有朋友、没有同伴单独所做的一切来建造他。他，我们并不能看到，正如我们祖先不能看见我们一样。可是那些久已逝去的人们，依然存在于我们的生命里，作为我们的禀赋，作为我们命运的负担，作为循环着的血液，作为从时间的深处升发出来的姿态。

现在你所希望不到的事，将来不会有一天在最遥远、最终极的神的那里实现吗？

亲爱的卡卜斯先生，在这虔诚的情感中庆祝你的圣诞节吧，也许神正要用你这生命的恐惧来开始；你过的这几天也许正是一切在你生命里为他工作的时期，正如你在儿时已经有一次很辛苦地为他工作过一样。好好地忍耐，不要沮丧，你想，如果春天要来，大地就使它一点点地完成，我们所能做的最少量的工作，不会使神的生成比起大地之于春天更为艰难。

祝你快乐，勇敢！

你的：
莱内·马利亚·里尔克
一九〇三年十二月二十三日
罗马

摘自《给青年诗人的信》

我的个人主义

[日]夏目漱石 著
徐建雄 译

我今天是第一次来到学习院。尽管以前对贵校并不十分了解，但毫无疑问，这与我想象中的学习院并无多大的出入。当然，走进贵校内部，于我，这还是头一回。

正如刚才冈田先生介绍时所提到的那样：今年春天，贵校也曾要我来作个演讲，可当时被什么事给耽误了——对此，冈田先生似乎比我本人记得更为真切。为了得到诸君的谅解，刚才已作了说明。总之，我当时确实身不由己，不得不有违贵校的好意。不过我也知道，仅仅拒绝邀请是十分失礼的，所以当时又加一句“下次演讲我会去的”。为慎重起见，我还问冈田先生：“下次大概是在什么时候？”他回答说：“今年十月份。”我听了之后，暗自排了一下从春天到十月的日子，心想还有那么长的一段时间呢，怎么着也没问题吧，于是说了声“可以呀”，就爽快地答应下来。然而，也不知是幸还是不幸，后来，我就生病了，整个九月都卧床不起，一来二去的就到了约定的十月。进入十月份之后，虽说不再卧床，可我还是浑身无力，两腿直打晃，要演讲的话，就有些力不从心。可也不能将讲好的事情抛之脑后呀，所以惶惶不可终日，心想是不是马上就要来叫我去演讲了。

慢慢地，身体也不那么虚弱了，可一直到十月底，我并未主动询问此事。我没有将生病之事通告对方，不过有两三家报纸刊登过我患病的消息，所以我猜想，对方也许已了解此事，并另外请人替我演讲过了。如此，我也就放下心来。不料，冈田先生又突然跑来了。他还是穿着长筒胶靴来的（因为那天正赶上下雨）。总之，他如此打扮特意深入早稻田之腹地，为的是通知我，演讲延期到十一月底，希望我言而有信，务必践诺。由于我当时自以为已经躲过一劫，所以听了他的话，难免有些着慌。但转念一想，反正还有一个来月的时间，到时候总有办法的，就回了他一声“遵命就是”。

如上所述，从今年春天到十月份，再从十月底到十一月二十五日，可以用来准备像样一点的演讲的时间，其实是不少的，可是总因为身体不太舒服，没心思考虑，于是就心生怠慢，以为反正十一月二十五日还早着呢，拖拖拉拉地混日子。直到两三天之前，日子已经相当紧迫，虽说自己也知道必须加以考虑了，可由于一想起来就心烦，结果还是用画画来打发时光。说是画画，或许叫人听着觉得在画什么了不得的东西，其实也只画些不值一提的玩意儿。画好了就贴在墙上，一个人冲着它发愣，一看就是两三天。大概就在昨天吧，来了个人，说这画很有趣——不，不是说画本身很有趣，而是说看得出我是在心情很好的时候画的。于是我就跟他说明了画画时的心理状态：不是因为心情愉快才画的，反倒是因为不愉快才画的。这世上有人因乐不可支而画画、而写字、而作文，也有人因不愉快且想让自己愉快而拿起笔来，或画画、或写文章。可叫人觉得不可思议的是，如果仅看这两种心理状态所导致的结果，就会发现，有时竟然是毫无二致的。不过这些我只是顺带着说说而已，与演讲的主旨没有任何关系，所以也就不再深入下去了——总之，我只是整天冲着那幅莫名其妙的画发愣，并没有构思演讲的内容。

就这么磨磨蹭蹭的，终于到了二十五日。也就是说不管我愿意不愿意，都必须来这儿抛头露面了。于是我在今天早上稍稍整理了一下思路，不过毕竟是准备得很不充分，恐怕很难满足大家的期望，不到之处，还请多多包涵。

我不知贵会是从什么时候开始并延续至今的，但并不认为作为惯例而从外面请人来演讲有什么不妥。可从另一方面来说，你们如此期待的精彩演讲，恐怕不论从什么地方请来怎样的神圣都难以完成。或者说，你们只是看到“外来的和尚”就觉得稀奇而已吧。

我曾在落语[1]家听到过这么个极具讽刺意味的段子，说

1　日本的一种由单人表演的口头曲艺，内容丰富多样，语言诙谐幽默，并配以表情手势来进行表演。相当于我国的单口相声。“落语”一词始用于明治二十年（1887年）。

的是从前有两个大名在目黑[1]一带玩鹰猎[2]。他们俩骑着马四处奔跑了好一阵子后，肚子饿得不行，不巧的是他们既没带便当，家臣也都离得很远，没法吃干粮充饥。情急之下，他们就跑到一户脏兮兮的农民家里，说不管什么东西，快拿些吃的来。那家的老爷爷和老婆婆倒是十分同情他们，就烤了现成的秋刀鱼当作菜肴，请他们吃了麦饭。他们两人就着秋刀鱼，津津有味地饱餐一顿之后离去了。

到第二天，那秋刀鱼的香味似乎仍在鼻子前飘荡着，一点也没有减弱，叫人无论如何也忘不了昨天所享用过的美味。于是那两位大名中的一个，决定请另一个吃秋刀鱼。听到这个命令，家臣们大吃一惊，但主命难违啊，只好积极地准备。他们吩咐厨师用镊子将秋刀鱼的细刺儿一根根地全都拔掉，将其浸泡在料酒里，并充分掌握火候，烤得恰到好处，这才端上去让宾主享用。但是，无论主人还是客人，那会儿肚子并不饿，而秋刀鱼经过他们这一番自以为地道的瞎折腾之后也已经原味儿尽失，所以两位大名用筷子夹着尝了尝，觉得一点儿也不好吃。他们面面相觑，最后得出了“看来秋刀鱼还非得在目黑吃不可”的奇怪结论——当然，这段落语的“包袱”也就在这一句上。

事实上在我看来，在学习院这样一所出色的学校里学

1　日本古代江户西南部的地名，相当于现今东京都的目黑区。

2　狩猎方法的一种，即用经过训练的鹰捕捉鸟兽。这种狩猎方式在日本古代十分盛行。

习的在座诸君，每天受教于出类拔萃的诸位老师，却还想听听像我这样的人的演讲，并且从阳春一直等到了深秋，其心态、趣味，恐怕也与吃厌了山珍海味之后，想换换口味，略尝一下目黑之秋刀鱼一般无二吧。

此刻在座的大森教授，与我在同一年或前后差不了多少的时期从大学毕业。他曾对我说，近来，学生们都不好好听他讲课，学习不认真云云。不过我记得他所作出的批判并不是针对贵校的学生，而是针对某私立学校的学生。这些姑且不论，总之我当时是对大森先生说了些不太恭敬的话的。

虽说在此将那些话再说一遍多少有些难为情，但还是要重复一下。我当时是这么对他说的：有哪国的学生会心存感激、津津有味地听你们的课呢？大森先生或许当时没明白我这话的意思吧？为了避免误解，我想借此机会解释一下。其实，我们在做学生的时候，也就是在与你们同年或更大一些的时候，比如今的你们更不着调，甚至可以说，从未好好地听过老师讲课。当然，我说的是我自己以及我周围的人，或许这个圈子之外的人并非如此。总之，现在我回过头来看，觉得就是那样的。拿我来说吧，表面上看起来似乎挺温顺、老实，其实做学生时也不怎么听课，一直在偷懒。根据这样的记忆，再看看如今这些认真学习的学生们，我自然也就没勇气像大森先生那样加以批评了。我对大森先生所说的那些十分粗暴无礼的话，正是基于这样的意义才说的。今天，我虽然不是为了给大森君道歉才特意来到此处的，却也想借此机会，当着大家的面，向大森先生道个歉。

话说着说着就跑题了。倘若回归正途，顺着刚才的思路继续往下说，那就是这样子的了：

你们考入这所出色的学校，受到出类拔萃的老师的指导，每天聆听他们专业的或公共的课程。可尽管这样，你们还特意从外面找来像我这样的人，想听听演讲，就跟我刚才所说的两位大名在目黑享用秋刀鱼差不多，难免叫人作出“因为好奇而来一口尝尝”这样的推测了。说实话，比起听我的演讲，还是听听你们每天都见面的、供职于贵校的常任老师的课，更为有益，也更为有趣。就拿我来说吧，倘若我成了贵校的教授，单凭不具备新鲜刺激这一点，我想就激发不出聚拢这么多人来听讲的热情或好奇心。你们说是不是呢？

那么，我为什么要作出这样的假定呢？其实我以前确实考虑过到学习院来当老师的事。不过倒不是我自己找来的，而是一位供职于贵校的朋友推荐了我。当时的我十分迂腐，到了眼看着就要毕业的当口，还不知道为今后的衣食来源操一点心。毕业后来到社会上一看，发现光是双手揣在怀里傻等着，住宿费也不会从天上掉下来，所以也就顾不上考虑自己能否成为教育工作者了，觉得必须先找个饭碗再说。于是就照着我那朋友所说的那样，开始跟学校接触起来。那时，我有一个竞争对手。可我那朋友一个劲儿地跟我说“没事儿”，我也就觉得稳操胜券，还似乎已经接到任命似的，打听起老师必须穿什么衣服之类的事儿了。我那朋友说，不穿西洋式的晨礼服是不能进教室的，于是我在差使还没正式敲定之前，就先去定制了一套西洋式的晨礼服。当时我甚至还不知道学习院在哪儿呢，所以说我的如此行为实在是太荒唐了。

等到晨礼服终于做好，原以为十拿九稳的学习院方面却决定不录用我了。原来是我的那位对手填补了英语教师的空缺。他叫什么名字，我现在已经忘得一干二净，或许是我也并不怎么觉得懊恼或憋屈的缘故吧。只听说那人是从美国回来的。——因此，倘若当初贵校没有录用那位从美国回来的人，而是阴差阳错地让我当上了学习院的教师，并且一直干到现在的话，或许我就没机会受到如此隆重的邀请，没机会站在这么高的地方跟大家讲话了。而你们从春天一直等到十一月来听我的演讲，也无非是我没能当上学习院的教师，从而被你们当作目黑之秋刀鱼一般地尝鲜的明证而已。

接下来，我想把学习院求职失败过后的事情再稍稍跟大家汇报一下。这倒不是因为话已经说到这儿了，必须顺着这势头再说一点儿，而是我觉得对于今天的演讲来说，这部分内容是必不可少的。所以还请大家耐心听讲。

我在学习院求职失败之后，那套西洋式的晨礼服也还是经常穿着。这也是不得已，因为那时我没有别的西服可穿。你们猜我穿着那身衣服去了哪儿呢？那会儿与现在不同，求职之道十分轻松，让人觉得无论去哪儿，大门都为你敞开着。也就是说，到处都缺人啊。就连我这样的，也几乎在同一时刻收到了高等学校[1]和高等师范的邀请。由于我对那位介绍高等学校的高年级同学给予一半承诺的同时，又向高等师范打了招呼，所以事情就变得微妙、复杂起来。我那时很年轻，考虑问题不周到，做事情也很不地道，遭了些报应也是罪有应得，不过当时也确实感到有些焦头烂额。过了一阵子，我那位已经做了高等学校的老资格教授的高年级同学把我叫了去，责问我说："为什么答应了来这儿，还跟别处眉来眼去的，你这不是在为难我吗？"我因为年轻，肝火特别旺，心想，干脆我两边都不去总行了吧？于是就开始照此办理。可谁知这么着，有一天又接到了当时的高等学校校长，如今的京都理科大学校长久原先生的通知，说是要我到学校里去一趟。我立刻跑了去，一看，高等师范学校的校长嘉纳治五郎先生，以及推荐我的那位高年级同学都在座。久原先生提出忠告说："你不必顾虑我们这边，去高等师范那儿就行了。"事已至此，我当然不能说"不去"了，只得表示同意。不过我心里却觉得这下可真麻烦了。因为，尽管现在想来是十分难得的好事，可我当时并未觉得高等师范这样的地方有什么了不起。第一次见到嘉纳先生时，我内心十分犹豫，甚至还对他说："您要我成为跟您一样的教育家，成为学生的榜样，我是怎么也做不到的。"嘉纳先生待人接物是

1　指日本的旧制高中。中学四年毕业之后才能报考，学制三年，相当于大学预科。战后学制改革，被纳入新制大学。如今日本的高等学校，已经相当于我国的高中了。

十分高明的，说：“哦，既然你如此坦诚地加以拒绝，我就越发地希望你来了。”说什么也不肯放过我。如此这般，虽说我也并非贪得无厌地要脚踩两只船，可事实上给有关的人增添不少额外的麻烦，而最后呢，还是去了高等师范学校。

然而，由于我原本就缺乏那种成为伟大的教学家的资质，所以我当上老师之后也是缩手缩脚、诚惶诚恐的。就连嘉纳先生也曾对我说过这样的话：“你太率直了。真拿你没办法。”所以或许我应该更随便一点才好吧。可是不管怎么说，我都只觉得这地方不适合我。说老实话，我当时的心态，其实跟去鱼摊、点心铺帮忙打下手差不多。

一年过后，我终于去乡下的中学教书了。那是位于伊予松山的一所中学。你们听到松山的中学就笑了，多半是读过我写的《少爷》[1]吧。《少爷》中有个绰号叫“红衬衫”的家伙，书刚面世那会儿老有人问我：“那家伙到底是谁呀？”这事儿该怎么说呢？当时在那中学里，身为文学士的只有我一个，所以如果非要给《少爷》中的人物都一一找出原型的话，那就只能说“红衬衫”就是我本人了。——真是荣幸之至啊！

我在松山也只待了一年。离开时有知事出面挽留，但由于跟下一家已经说好，所以最终还是谢绝后离开了。这次我去的是位于熊本的一所高等学校。我的教学经历就是从中学

---

1 《少爷》是夏目漱石继《我是猫》之后的第二本小说，就是以他在松山中学做老师的经历为背景的。

到高等学校，再从高等学校到大学，按照这样的顺序一步步走过来的。只不过从未教过小学和女子学校。

我在熊本待的时间相当长。后来文部省突然透风给我，问我想不想去英国留学。那是去熊本后第几年的事？我记不太清了。对于出国留学，其实我当时是想回绝的。因为，我觉得像我这样没有任何明确目标的人，即便去外国留学了，恐怕也不会对国家作出什么贡献。可是，传达文部省内部消息的教头说，那是对方考虑的事情，你没必要自己掂量自己，还是去的好。再者，我也没有什么非要反抗到底的理由，于是就服从命令，去了英国。但是，到了那里一看，果然不出所料：无事可干。

为了说清楚这一点，就必须把我之前的情况介绍一下了。这些话也是今天演讲内容的一部分，还请大家理解。

我在大学里学的是英国文学。你们或许要问，这英国文学到底是个什么玩意儿？老实说，尽管专门学习了三年，我如今也仍在云里雾中呢。当时，我们的老师是杰克逊先生。我在他跟前或朗诵诗歌，或朗读文章，或写作文，有时也因漏掉了冠词而被他训斥，或因发音不准而惹他光火。考试的时候尽是些“华兹华斯是哪年生、哪年死？”“莎士比亚著作的大开本有几种？”或者是“按照年代的先后顺序写出司各特的作品名”之类的问题。即便像你们这样年轻的学生恐怕也能想象得到吧：这些能算是英国文学吗？英国文学姑且不论，事实上，靠这样的学习方式，是连“什么是文学”这样的问题都不可能明了的。于是我想，既然如此，能否凭我一己之力来搞清楚文学呢？这其实也如同盲人骑瞎马一般，是徒劳无益的。我一头钻入图书馆，东转转，西看看，可还是毫无头绪，一无所获。我觉得这倒也不全是我能力太差的缘故，相关的书籍实在太缺乏了。总而言之，学了三年，最终也没搞懂文学是什么。所以，若说我的人生烦恼首先就来源于此，绝非虚言。

我就是在如此浑浑噩噩、模棱两可的状态下走上社会的。与其说是当上了老师，还不如说是被人当作老师，才更符合实际情况呢。所幸的是，尽管我的外语也很不靠谱，总算还能糊弄得过去，这日子一天天地倒也过得平安无事。但我的心里却时常觉得空空荡荡的。倘若仅仅是空虚感，或许反倒能想开些，可除此以外，我还总觉内心深处的什么地方潜藏着些说不清道不明、扯不断理不清的令人不快的东西，真是叫人受不了。不仅如此，对教师这一职业，我丝毫也不感兴趣。对于自己缺乏教育家应有素质一事，我是从一开始就知道的，可即便是仅仅在教室里教教英语，也总觉得不胜其烦。所以我似乎一直就跟半欠着身子、不肯坐实似的，老想着一有机会就跳到真正属于我自己的领地去。然而，这属于我的领地似有却无，无论我朝哪个方向看去，都没地方可跳。

我只知道人生在世必须干点什么，却不知道具体应该干点什么。我如同困在云里雾中之人，孤零零地傻站着，不知所措。不过我也知道，与其期待着从哪儿射来一束阳光，还不如自己打开探照灯，发出一道光束来照亮前方。但不幸的是，无论我朝什么方向望去都是混沌一片，四顾茫然之下，我仍然呆立原地。那感觉，简直就像一个被塞进了麻袋怎么也出不来的人，心中焦急万分，觉得只要手里有一把锥子立刻就能脱颖而出，可偏偏就没人给我一把锥子，自己也找不到这样一把锥子，只是一个劲儿地为今后自己将会成为什么样的人而着急，不为人知地过着郁郁寡欢的日子。

我就是怀着如此惴惴不安的心情从大学毕业，又揣着同样的不安从松山跳槽到熊本，在将之深埋心底之后去了外国。然而，既然都出国留学了，自然也就多少感觉到了一些新的责任。于是我尽可能地发奋努力，想要干出些名堂来。可是，不论我读了什么样的书，却发现自己仍身处囊中，还是没有脱身出来。我走遍了整个伦敦，也找不到那把可破囊而出的锥子。我待在自己寄宿的房间里苦苦思索着，觉得自己的生活无聊透顶。我明确地感到，无论读多少书，也不会令自己满意。甚至连为什么读书，也都变得令人茫然起来。

到了那时，我才恍然大悟：关于文学是什么，除了依靠自己的力量从根本上建立起基本概念之外，我是没有出路的。我终于感觉到，在此之前，我一直是以他人为本位，如同一叶浮萍似的在那里漂着，这终究是行不通的。我这里所说的“他人本位”，是指让别人喝了自己的酒之后，聆听其评价，然后一刀切地以此评价为准。说白了，就是鹦鹉学舌。说穿了之后，由于太过傻气，或许有人觉得难以接受，或许会觉得怎么说也没到鹦鹉学舌的地步吧。然而，毋庸置疑，事实就是如此。就拿最近非常热门的伯格森和欧肯来说吧，不也是因为他们那边的人说三道四，咱们日本人就跟着瞎起哄吗？那一阵子，几乎是不管西洋人说了些什么，咱们这边都一概盲从，并且还摆出洋洋得意，不可一世的气派来。随口编排些片假名人名[1]大吹大擂，摇头晃脑的家伙比比皆是。我倒不是在说别人的坏话。因为我自己就是这样的。譬如说，读了某西洋人对另一西洋人的作品的评论，不考虑其是否得当，也不管自己是否真正领会了，就到处散布传扬。这样的知识，可谓是囫囵吞枣的知识，是僵硬死板的知识，并不能化为有血有肉的自己的东西。我们就这样将别人的东西当作自己的财富，自以为是地四处张扬。更何况由于所处时代的缘故，大家对如此做法还大加赞赏呢。

然而，不管人家怎么赞赏，由于自己清楚仅仅是穿着借来的衣服在抖威风，所以难免心虚，难免忐忑不安，跟轻而易举地将孔雀羽毛插在身上虚张声势没什么两样。于是我终于意识到，倘若再不抛却浮华，追求本真，那么就永远也无法做到心安理得了。

譬如说，即便西洋人说这是一首很好的诗，音调绝佳，读起来朗朗上口，那也只是西洋人的见解，虽说对我也不无

1　指用片假名音译的西洋人名。

参考价值，但只要我不那么认为，就不应该现学现卖。只要我是一个具有独立精神的日本人而非英国人的奴婢，只要我是一个拥有如此见识的国民成员，那么，即便从全世界通用的“诚实”这一道义的角度来看，我也决不能委曲求全，随随便便地放弃自己的意见。

但是，由于我是专攻英国文学的，倘若英国批评家所说的话与我的想法有矛盾的话，一般来说，就难免叫人气馁了。于是我便考虑为什么会出现如此矛盾。风俗、民情、习惯，一样样地排查过去，发现国民性格的各个方面全都能成为其原因。其实，这是基于某种“必然性”而导致的错误认识——因为一般的学者们都将文学与科学混为一谈，认为甲国人喜欢的东西必定能获得乙国人之赞赏。我不得不说，这是错误的。事实上，即便不能化解这种矛盾，也应该是能够对此加以说明的。而仅仅是对此加以说明，就已经相当于朝日本文坛投去一道光明了。——这就是我当时所领悟的。虽说领悟得太晚，自己也觉得惭愧之至，但事实如此，所以就在此实话实说了。

为了巩固自己在文学上的立足之地，不，不是巩固，应该说是“重新建设”吧，从那以后，我就开始阅读一些与文学毫不相干的书籍了。简言之，由于我好不容易才想到了“自我本位”这四个字，所以为了证明这个“自我本位”，我就一头扎入其中，也不管它是科学研究还哲学思考了。如今，时代不同了，多多少少有些头脑的人，对于这些事情都已经十分明了。但在那时，不仅我个人愚昧无知，社会也尚未发展到如此地步，因此，我采用那种做法实际上也是迫不得已。

自从掌握“自我本位”这一理念之后，我自己也就强大起来了，甚至生出些许“舍我其谁”的豪迈气概。之前的我，一直可谓是茫然自失的，而指导我立身于此，告诉我必须走这条路的，不是别人，正是“自我本位”这四个字。

坦白地说，我就是根据这四个字而重新踏上人生旅途的。由于老跟在别人屁股后面瞎起哄于心难安，我考虑后认为，倘若能抛出不必盲从西洋人的无可动摇的理由，不仅自己畅快，他人也会很高兴，所以就决定以著述来成就功业，并将之作为自己的终身事业。

到那时，我内心的不安已经完全消除。我得以用轻松的心情眺望阴郁沉闷的伦敦。打个比方，就跟我经过多年的苦恼烦闷，终于用鹤嘴镐“咔嚓”一声刨到了矿脉一样。如果再允许我啰嗦几句的话，我可以说，那就像一个之前一直被困在浓雾之中的人，突然被指明了前进方向一样。

其实，我受到如此启发，已经是在留学生活过去一年多的时候了。因此，我明白，自己是不可能在国外完成事业的，只能尽可能地收集资料，以便在回国之后出色地加工成型。虽说事出偶然，我反倒是在要回国的时候获得了巨大的动力，而不是在出国之前。

然而，我一回国，就不得不立刻承担起义务，为衣食而四处奔走了。我去高等学校教过书，也去大学教过书，后来由于钱不够用，还去一家私立学校教过书。雪上加霜的是，我又患上了神经衰弱症，最后竟落到不得不写些无聊的东西投给杂志的境地。如此这般，受制于种种现实窘况，我那原本规划好了的伟大事业终于半途而废了。我所著的《文学论》，与其说是一种纪念，还不如说是失败的遗骸，它是畸形儿的遗骸，或者也可说是正在建设中就遭受地震摧残而坍塌的未来城市的废墟一样的东西吧。

但是，“自我本位”这一我当时所获得的理念，依然保持着。不，应该说随着岁月的流逝而变得更加强劲了。尽管著述性质的事业已经以失败告终，但当时所拥有的那种以自己为主、他人为宾的信念，仍给今天的我带来强大的自信和无可替代的心安理得。我明确地感受到，这种信念直到今天仍活在我的心中。事实上，现在我能站在高台上向诸君演讲，或许就是仰仗着这股力量的支撑。

以上，仅是粗略地介绍一下我的经历，而之所以要跟你们说这些，完全是出于“是否能为你们提供参考”这样的多管闲事一般的好心肠。今后，你们全都会离开学校，踏上社会。有人或许还要在学校里多待一会儿，有人或许很快就要活跃在现实社会之中了。不管怎样，可以预料的是，你们恐怕也会重复一遍我所经历过的烦恼（即便烦恼的种类不尽相同）。恐怕许多人会像我一样，想要突出重围而冲不出去，想要抓住点什么却像摸到一个光头一般，滑溜溜地什么都抓不住，以至于焦躁不安，着急上火吧。如果你们之中有人已经凭借一己之力劈开了一条道路，那就是例外了。如果有人满足于跟在别人后面，走前人走过的老路，我也决不会说这样子有什么不好（只要自己心安理得且充满自信就行）。但是，如果不是这样，那就只能自己挥动鹤嘴镐挖掘前行，直到刨到矿脉为止了。不这样是不行的。我之所以说“不行”，是因为假如刨不到矿脉，那么他将终生郁郁寡欢，张皇失措，不得安生。我前面之所以要着重讲述自己的经验，其理由尽在于此，一点也没有要大家以我为榜样的意思。事实上，即便是像我这样的迂腐之辈，只要具备了自己能够开辟出前进道路的觉悟，那么，不论在你们看来那道路有多么的不堪，也只是你们的观察和评价，于我是没有丝毫损害的。对此，我是感到心满意足的。但是请你们不要误解，我决不会因为自己感到心安理得了，获得自信了，就希望你们也走同样的道路。

总之，根据我的判断，我所经历过的那种烦恼，你们以后也一定会遇到，但实际情况到底会怎样，是谁也说不准的。倘若真是这样，那么，在解决这种烦恼之前，作为一个受过教育的人，一个做学问的人，把找到人生道路之前的探索当作自己终生的一项工作，或者是十年二十年的工作，恐怕也是必需的吧。“啊，我的人生道路在这儿呢！”“啊，属于我的矿脉终于被我挖到了！”——恐怕只有当你们从内心深处喊出这样的感叹句时，你们才能够真正觉得心安理得吧；而不会被轻易摧毁的坚强自信，也会随着这一声呼喊从你们的胸中冉冉升起吧。或许达到如此境界的人已经不在少数了，可是，如果有谁仍困在半途的迷雾之中而困惑不已的话，那么，不论付出怎样的牺牲，也应该继续探索前行，直到挖到属于自己的矿脉为止。我这么说，并非仅仅是为了国家，甚至也不是为了你们的家人，而是觉得为了让你们自身获得幸福就绝对是需要这么做的。如果有人早已走过我所走过的道路，那就无话可说了，可要是有人正纠结于某处障碍，那你就必须冲破障碍，继续前行。——因为，说是要前行，但原本就不知道该往哪儿走好，所以遇到障碍也是在所难免的事情。我其实并不想将类似于忠告之类的东西强加给你们，只是觉得这或许关系到你们今后是否幸福，才坦诚相告的。我是觉得倘若心中犹犹豫豫，不干不脆，迷迷糊糊地怀有这样也行、那样也未尝不可的海参一般的精神状态的话，恐怕自己也不会觉得愉快。当然，如果有人说“这也没什么不愉快”，那就无话可说了。或者说是“已经超越了这种不愉快”，那也挺好。我祝愿大家都能超越。不过我是出了校门三十年仍没有超越的。这种痛苦虽然是一种隐痛，但我确实年年岁岁都受它的折磨。如果在座的诸君之中也有谁患有与我一样的病痛，那我就希望你奋勇向前，不达目的誓不罢休。我认为，到了那里，发现“哦，原来我的安身之所在这儿！”就能获得充分的自信，就会终生都感到心安理得的。正因为如此，我才说了上面的那些话。

上面所说的，相当于我今天演讲内容的第一部分，现在，我想开始第二部分的演讲。

在世人眼里，学习院是社会地位较高的人才能进的学校。恐怕事实也正是如此。如果正如我所推测的那样，寒门子弟进不来，这里所聚集的都是上流社会的子弟的话，那么在你们毕业后随之而来的种种东西中，不得不提的首先就是权力。换言之，你们踏上社会之后，比寒门子弟所能使用的权力要更多。我前面已经说了，“奋勇前进直到挖掘到属于自己的矿脉为止”不是为了别的，是为了你们自身的幸福和心安理得，那么，为什么它会给你们带来幸福和心安理得呢？那是因为你们与生俱来的个性只有到了这个地步，才会安定下来；而在安身立命之后再往前行，你们的个性才会得以进一步发展。当你们感到“啊，这儿才是我安身立命之处啊！”的时候，发现自己所做的事情与自己的个性完全相符时，方始能说获得了幸福和心安理得。

如果我们以同样的角度来考察一番刚才所说的权力，就会发现它不过是一种将自己的个性强加到别人头上的工具而已。倘若一口咬定它就是工具的说法不太好，那么可以把它说成是一种能够用作工具的利器吧。

排在权力之后的是金钱。毫无疑问，在这方面你们也比寒门子弟拥有得更多。如果我们以同样的角度来对金钱考察一番，就会发现它是一件可用于扩张自己的个性并诱惑他人的宝贵工具。

如此看来，在将自己的个性强加于他人，或将他人吸引到自己身边来这方面，权力与金钱是十分管用的工具，而比起穷人来，你们在这方面也更具优势。也正因为拥有如此力量，会觉得自己很了不起。其实，这是非常危险的。刚才我说到，在找到自己的安身立命之所后，自己的个性才能在学问、文学以及兴趣爱好方面得到进一步的发展，事实上它的应用范围要宽广得多，并不仅限于学术和文艺的领域。

我认识这么一对弟兄，弟弟喜欢待在家里读书，哥哥则喜欢钓鱼且沉湎于此道。哥哥觉得弟弟畏畏缩缩的，对于他总闷在家里的做法极为反感。他自以为弟弟是因为不出去钓鱼，才变得如此消极厌世的，于是就强拉着弟弟钓鱼。弟弟尽管非常不快，但由于哥哥非常霸道地要他扛起鱼竿，提起鱼篓，跟随自己一起去钓鱼塘，也就闭着眼睛跟他去了，最后也钓到了一些半死不活的鲫鱼之类，垂头丧气地回家了。那么，弟弟的性格后来有没有像哥哥设想的那样有所改变呢？一点也没有。非但如此，反倒越来越讨厌钓鱼了。这是因为，钓鱼这件事十分符合哥哥的性格，可谓严丝合缝，毫无间隙。但这仅仅是哥哥的个性，与弟弟毫不相干。这个例子中不涉及金钱，仅说明动用权力对人施加高压的情况。是哥哥的个性压迫弟弟，从而强迫他去钓鱼。当然，在某些情况下——例如上课的时候，参军入伍之后等，即便是寄宿生活，也是以军事化为主的——在所有类似的情况下，高压手段都是在所难免的。但是，我说的是你们独立走上社会之后的事情，所以你们必须以此为前提来理解我所说的一切。

当你们今后十分幸运地遇上了我前面所说的那种自己以为很好的事情，喜欢的事情，与自己的性格相符的事情，然后便开始进一步发展自己的个性之时，如果忘记了自己与他人的区别，就会心生“把那家伙也拉进圈子来吧”的念头。这时，你们如果拥有权力，那么与他人关系就会变得与上面所述的那对兄弟一样别扭了。如果拥有金钱的话，就会想到以撒钱的方式，将他人改造成自己的模样。也即，以金钱为诱惑的工具，利用其诱惑之力，将他人改变成自己喜欢的样子。其实，不论哪一种，都是极其危险的。

因此，我常常会这样想：你们应该在能发展自己个性的地方安身立命，应该找到完全适合自己的工作，在此之前，必须奋勇迈进，否则将造成终生的不幸。但是，如果得到社会的允许，自己的个性受到了尊重，那么，基于同样的道理，自然也就应该认可别人的个性，尊重他们的价值取向。我认为这是完全必要且十分正当的事情。如果由于自己的天性偏向右，就看不得别人偏向左，那就不对了。当然，如果是由更为复杂的因素所构成的善恶或正邪的问题，不借助稍稍精妙一点的解剖之力，是不能妄加评论的，但在与那些问题无关或虽然有关却并不太复杂的情况下，只要自己在他人那里享有自由，就必须平等对待，坚信自己也应该给他人以同等的自由。

近来，出现了高唱“自我”“自觉”，并将其当作自己可以无法无天，随心所欲的标签来使用的现象，其中怪异之象甚多。他们在高喊要彻底尊重自己的“自我”时，一点也不认可别人的“自我”。其实，既然具备公平的眼光和正义的观念，那么在为了获得自己的幸福而发展自己的个性的同时，也必须给他人以自由。对此，我是坚信不疑的。我们不能毫无理由地妨碍他人为了获得自己的幸福而发展个性。我为什么要在这里使用“妨碍”这两个字呢？那是因为你们之中的很多人，今后将处于能够妨碍他人的地位。你们之中的很多人，能够运用权力，运用财力。

本来，世上是不存在什么不附带义务的权力的。像现在这样，我站在高高的讲台上俯视着你们，拥有让你们静听一两个小时的权力，那么我就必须讲出能让你们静默听讲的内容来。就算是作一次平淡无奇的演讲吧，我的态度和姿态也必须端端正正，这样才能让你们保持礼貌恭敬。如果说由于我是客人，你们是主人，所以你们才这么安分守己，自然也无可厚非，但这仅仅是流于形式的礼节，是不触及灵魂的习俗，所以不在我们的讨论范围之内。我们可以另举一个例子来加以说明。想必你们在教室里也经常受到老师的训斥吧。假使老师只会训斥学生，他自然是没资格授业解惑的。作为老师，在训斥学生的同时，也必须殚精竭虑地给学生上课，这是不言而喻的事情。拥有训斥权力的老师，也必定拥有教育的义务。为了维护纪律，维持秩序，老师可以充分使用被赋予的权力。但如果不尽到与该权力密不可分的义务，那他就是一个不称职的老师了。

财力方面也是如此。我认为，那种没有责任感的财主也是要不得的。简明扼要地来讲，其中的道理是这样的：金钱是十分重要的东西，无论用到哪里都很吃得开。譬如说，如果我通过证券交易赚了十万元，就可以用这十万元来盖房子，也可以用它来买书，或者到花街柳巷去寻欢作乐。我可以以各种方式来使用这十万元钱，其中也包括用作收买人之精神的手段，比如可以用它来收买人的良心，可以用它来使他人的灵魂堕落，很可怕是不是？如果让在证券市场上赚到的钱在道德伦理层面发挥巨大的威力，那就只能让人觉得是使用不当了。然而，尽管会被人认为使用不当，但实际上金钱就是被如此运用的，我们拿它也没什么办法。除非拥有金钱的人同时也拥有较高的道德水准，妥善利用金钱，不使它在道德层面上造成伤害，否则是没什么办法能够防止人心之腐败的。所以我想说，金钱一定要附带着责任一起流通。如今自己拥有如此财富，倘若将其用于这方面，就会导致这样的结果；倘若将其用于那方面，就会产生那样的影响——我们不仅仅要培养出这样的见识，还要根据这样的见识，负责任地处置自己的财富，如若不然，就对不起这个社会。不，不仅是对不起社会，也同样是对不起自己。

将上面所说的内容归纳一下，就是：第一，要想发展自己的个性，就必须同时尊重他人的个性；第二，要想使用自己所拥有的权力，必须明白它所附带的义务；第三，倘若要显示自己的财力，就必须认真对待随之而来的责任。总而言之，可以归结为这么三条吧。

这样的意思如果换一种方式来表达，那就是：一个人必须具有某种程度的道德修养，否则的话，发展个性是没有意义的；使用权力是没有意义的；使用金钱也是没有意义的。

如果再换一种说法，那就是：为了自由自在地享受这三者，就必须同时接受这三者所提出的人格要求。一个没有人格的人，倘若一味地发展自己的个性，就会妨碍他人；倘若使用权力，就会沦为滥用；倘若动用财力，必将导致社会腐败，总之，会呈现出十分危险的迹象来。又由于你们最容易接近以上三者，所以我认为你们一定要成为人格高尚之人。

下面我稍稍岔开一点，谈一下英国的情况。众所周知，英吉利这个国家是非常尊重自由的。然而，尽管它如此热爱自由，却又秩序井然。可以说，再也没有哪个国家像英国这样规矩、严谨了。说实话，我并不喜欢英国。没办法，我确实挺讨厌它的。如此崇尚自由又秩序井然的国家，恐怕在全世界也找不出第二个吧。像我们日本这种国家是根本无法与之相比的。但是，他们可并非只是一味的自由。他们从小就受到良好的社会教育：在热爱自己的自由的同时，也要尊重他人的自由。因此，在他们所谓的自由背后，肯定是附带着义务这一观念的。“英格兰希望所有人恪尽职守”[1]这一纳尔逊的名言，其意义绝不仅限于一时一地。这种思想无疑是与

1 原文为英语，England expects every man to do his duty。

他们的自由互为表里地共同发展而来的，有着深邃的历史根源。

当他们感到愤愤不平时，经常会发起示威运动，可政府绝不横加干涉，而是绝对的放任自流。与此相应的是，进行示威的人们也极有分寸，不会胡作非为，给政府带来麻烦。在报上我们可以看到，近来有所谓的女权扩张主义者闹腾得有些出格，这就只能说是例外了。虽说要算作例外的话，似乎数量太多了些，但也还是只能算作例外。由于嫁不出去，找不到工作，或者钻了自古以来尊重女性之传统的空子，这些人的所作所为就显得与英国人的一贯作风格格不入了。她们撕破名画，在监狱里用绝食的手段来为难狱卒，把自己绑在议会的长凳上大喊大叫。这些现象确实出人意料，或许她们以为，既然身为女性，那么不论怎么胡闹男人们也都会退避三舍的吧。但是，且不管她们有怎样的理由，如此行为总叫人觉得有些无法无天。要说到正常的英国风度，应该还是如上面所说的那样，在不违背义务观念的前提下热爱自由。

我这么说也并无一定要以英国为榜样的意思，只不过觉得怀有义务之心的自由，才是真正的自由。因为，那种随心所欲的自由在社会上是无法存在的。即便存在于一时，也肯定会遭到排斥，遭到摒弃。我希望你们拥有自由。与此同时，又希望你们接受义务的观念。在此意义上，我觉得自己是可以毫无顾忌地宣扬“个人主义”的。

注意，千万不要误解这里的“个人主义”的含义。尤其是面对你们这样的年轻人，倘若灌输了不正确的“个人主义”，我会问心有愧，所以这一点一定要请你们多加注意。由于余下的时间不多，我只能简单说明。总之，正如前面所说的那样，个人的自由对于个性发展是必不可少的，而个性发展又与你们幸福与否密切相关，因此，我认为在不影响他人的前提下，那种“我向左而你向右也没关系”式的自由，不仅自己应该拥有，同时也必须赋予他人。这就是我所说的“个人主义”。在财力、权力的运用方面也是如此，如果仅仅由于自己不喜欢就加以打压，由于自己看不惯就将人干掉，对方毫无过错却向他滥用财力、权力的话，将会怎样呢？毫无疑问，在人的个性惨遭破坏的同时，还会造成人世间的巨大不幸。譬如说，我没干一点坏事，仅仅因为不符合政府的心意，警视总监就派警察将我家团团包围了，那会怎样呢？或许警视总监拥有这样的权力，可道义良心是不允许他如此运用权力的。再如，要是三井或岩崎这样的大资本家与我过不去，用金钱收买我家的用人，事无大小一律与我对着干，又会怎样呢？如果他们那财力的背后多少附带一些人格的话，他们就绝不会如此恣意妄为了。

之所以会产生如此危害，就是由于没有理解符合道义之“个人主义”，而运用权力、财力将自己的意志强加于人的结果。所以，“个人主义”，我在此所说的“个人主义”，绝不是庸俗之辈所以为的那种会危及国家的思想。我对此的解释是：一种在尊重他人之存在的同时，也尊重自己的“个人主义”。我认为这样的“个人主义”是一种堂堂正正的“主义”。

如果说得更为简单明了一些，这是一种只问是非曲直而毫无党派意识的主义，不会为了权力和财力而结党营私，胡作非为。也正因为这样，“个人主义”的背后，也潜藏着一种不为人知的孤独。既然不结党拉派，既然是在走自己的路的同时也不妨碍别人走他们的路，那么在某种时候，某些情况下，就必定是分散的，是单独行动的。所谓孤独，就在于此。在我主持《朝日新闻》的“文艺栏”那会儿，不记得是谁，写文章说了三宅雪岭[1]的坏话。不过不是人身攻击，只是一般的批判而已。再说文字也很短，只有两三行。我不记得是什么时候刊登出来的了，总之，我是负责该栏目的，但可能我正在生病，也可能不在生病，而只是觉得无伤大雅，就同意刊登了。反正那则批判在《朝日新闻》的“文艺栏”上刊登出来了。可谁知这下可惹恼了《日本及日本人》的那帮家伙。尽管他们没上门来跟我直接交涉，却向我的手下人提出了撤销的要求。并不是三宅雪岭本人提出的，是他的小弟——说“小弟”就好像有些赌场氛围了，不好——应该说是他的同仁吧，强烈要求取消那些文字。如果真是污蔑言论，当然是应该撤销的，可既然是批评，哪能这么做呢？就我来说，只能说刊登与否是我方的自由了。但要求“撤销”

1　三宅雪岭（1860–1945），日本明治、大正、昭和时期评论家。1888 年参加创建政教社，创办《日本人》杂志，宣扬国粹主义、批评欧化政策，指责政界、宗教界的腐败。1907 年把《日本人》杂志改名为《日本及日本人》。

的《日本及日本人》的某些人，竟然每期都写骂我的文章，真是令人震惊不已。我没与他们直接交涉，但间接地听到这些事儿后，觉得十分奇怪。因为，与我遵照“个人主义”的行事方式不同，对方似乎是基于“党派主义”的。当时，我甚至会将恶评我作品的文字刊登在自己主持的“文艺栏”，所以对他们由于不满别人对雪岭先生的批判而动怒，感觉十分惊讶，同时也感到十分奇怪。我以为这种思想太落后了——尽管这么说有些失礼，甚至觉得这是封建时代才有的集体观念。尽管我这么想，却无法摆脱某种孤独感。我对于出入我家的年轻人，有时会提出一些建议，但只要没什么重要原因，是不会压制他们发表自己的意见的。因为我明白，不论是在多么亲近的人之间，也总会有意见不合的时候的。我尊重他人的存在，就等于给了他人相应的自由。因此，只要对方不起劲，那么不论我感到多么屈辱，也决不会求助于他。这，就是“个人主义”的孤独。由于“个人主义”在以人为目标而决定向背之前，首先要弄清是非曲直，要决定自己的取舍去就，所以在某些情况下总是孑然一身，觉得孤独、寂寞，这是理所当然的。即便是劈开的柴火，捆成一捆的话，也会胆壮气豪的。

为了避免误解，还有一点我也必须说明一下：“个人主义”并不是与“国家主义”为敌的、蛮不讲理的东西。其实，凡是称为什么什么“主义”的玩意儿，我都不喜欢。因为我觉得人是不能归结为什么“主义”的，只是为了便于说明，才不得已在什么“主义”下陈述种种事宜罢了。有人以为如今的日本不推行“国家主义”是不行的，到处鼓吹如此主张，甚至还有不少人宣扬不对“个人主义”加以践踏国家就会灭亡什么的。可哪有这种混账事呢？事实上我们既是国家主义者，也是世界主义者，同时还是个人主义者。

“个人主义”是个人幸福的基础，而个人的自由又是“个人主义”的基本内容，这一点是毋庸置疑的。与此同时，各人所享有的自由又是随着国家之安危，如同温度计一般地上下变动的。如果说这是一种理论，那么它也是一种从事实中自己冒出来的理论。自然状态就是如此。国家处于危难之中时，个人的自由也会受到限制；国泰民安之时，个人的自由也会得到伸张，这是理所当然，不言而喻的。只要具有一定的人格，那就不可能在国家危亡之际疯疯癫癫地只想着发展自己的个性。我所说的“个人主义”，其实也包含着针对那些火灾早已过去却还戴着防火头巾的人的忠告。他们这么做非但无济于事，反而把自己弄得十分憋屈。因此，也请你们从这方面来加以理解。

再举一个例子。以前我在高等学校的时候，那儿曾创建了一个“会”。这个“会”叫什么名字，以及宗旨是什么，我已经记不清楚了，总之是个标榜国家主义的，挺一本正经的那么个“会”，并不是个什么不三不四的“会”。当时的校长木下广次似乎也很支持。该会的会员全都在胸前挂个徽章。我也被拉了进去，但徽章么，我就不挂了。我自然不是发起人，并且也很有些不同的看法，但考虑到加入了也没什么妨碍，就加入了。不知怎么的，在一个大礼堂开成立大会时，有一名会员上台去演讲了。这人虽是会员，可有些方面极其反对我的意见，所以记得我以前曾猛烈攻击过该会的宗旨。他在成立大会上所发表的演说，完全成了对我的主张的批驳了。我不知他是故意的，还是出于偶然，反正看那架势，我不予以答辩是过不了关的。没办法，我只得在他之后也登上了讲台。当时我的态度和举止想必是相当难看的，但还是简洁明了地将自己的主张讲了出来。你们或许要问我那时都讲了些什么，其实都是些很简单的道理。我是这么说的：

国家或许非常重要，可要我们像中了它的邪似的一天到晚地将它挂在嘴上，终究做不到。或许有人觉得坐卧行止，生活琐事都与国家大事密切相关，但要一个人从不间断地只想着一件事，是不现实的。挑着豆腐担卖豆腐的人，绝不是为了国家而四处叫卖的，其本意无非是想赚钱养家而已。但是，不管他本人是怎么想的，其行为的结果却是社会所需要的，是与国家利益间接相关的。同样的道理，我今天中午吃了三碗饭，而到晚上却增加到了四碗。那么能说我饭量的增加是为了国家吗？恐怕不能吧。说实话，吃多少饭，是取决于我的胃口的。可是，从间接又间接的意义来讲，也未必不能说影响到了国家利益吧。不，从某些方面来说，多少也与世界大势有关吧。可是，倘若本人老想着这个，为了国家而吃饭，为了国家而洗脸，为了国家而上厕所，那就叫人受不了了。要颂扬国家主义的话尽管去颂扬，而要将事实上难以做到的事情假装是为了国家而做的，那就是虚伪了。

我当时的答辩，基本上就是这样的。

事实上，国家一旦到了危急存亡之秋，没有人不会为之担心。而当国家强大，对于战争的忧虑减少，或者说越是不担心受到别国的侵略，国家观念也就越淡薄。这时“个人主义”进入人们的内心，填补空缺，也就是理所当然的事情了。今天的日本恐怕并不那么的国泰民安吧。不仅贫弱，还很小，因此，难以预料在什么时候，发生怎样的事情。从这一意义上来说，我们确实应该考虑一下国家大事。但只要日本还没到面临生死存亡的危机，就没必要到处“国家、国家”地嚷嚷个没完。这与火灾尚未发生，就没必要抢先穿戴起消防服饰满大街乱跑，将自己弄得透不过气来是同一个道理。说到底，这是个实际程度的问题，一旦爆发了战争，或真的到了危急存亡之秋，具有考虑国家大事之头脑的人，以及具有不得不考虑之人格修养的人，自然会倾向于此，为了国家利益，束缚一点个人的自由，限制一下个人的活动，也就是顺理成章、天经地义的事情了。因此，我坚信，这两种主义并不总是相互矛盾，你死我活的。关于这一点，我本想详细解释一下的，但由于没有时间了，就只能到此为止了。

承蒙盛情相邀，我今天来到贵校，尽可能地向即将开启个人生涯的在座诸君，说明了“个人主义”的必要性，是因为我觉得，这对你们走上社会之后，多少是有些参考意义的。我不太清楚你们是否理解我所说的这些，如果我所说的里面有什么含糊不清的地方，那就是我表达能力不够，或表达方式不好了。因此，如果觉得我的话中有暧昧模糊的地方，请不要将就着理解，可以到我家里来直接问我。无论什么时候来，我都会尽量解释清楚的。当然了，如果不这么费事也能充分理解我的本意，我将感到无比的欣慰。我的演讲到此为止，占用了大家很长的时间，还请多多原谅。

一九一四年十一月二十五日
于学习院辅仁会讲演

致幼者

[日]有岛武郎 著
徐建雄 译

当你们长大成人之后——至于那时候你们的爸爸是否尚在人世，就不得而知了——我想你们会翻看一下父亲所留下的文字吧。那时，这篇小文就会出现在你们眼前的。时光匆匆而逝，永不停留。到那时，你们的父亲在你们眼里会是什么模样，也是无法想象的。或许正如我如今嗤笑、哀怜行将逝去的时代一般，你们也会嗤笑、哀怜我此刻之陈腐心态吧。可为你们着想的话，我反倒希望这样。我希望你们毫无顾忌地将我当作跳板，从而更高更远地超越我，否则，反倒是大错特错的。然而，我认为有一件事对你们来说，无论到什么时候都是必不可少的。那就是：在这个世界上有人深深地爱着你们，或曾经有人深深地爱过你们。我认为，即便是在你们读到这篇文章并由于我思想的幼稚而嘲笑我冥顽不化的时候，我们的爱也同样会温暖你们，抚慰你们，激励你们，让你们在内心里感受到人生的种种可能性。因此，我要给你们写下这篇文章。

去年，你们失去妈妈，永久地失去了唯一的妈妈。你们出生后不久，就这样被剥夺了生命中最最重要的养分，你们的人生由此而变得黯淡无光。前一阵子，有杂志社要我以《我的母亲》[1]为题抒发一点感想，我未加思索就写下了这样的话："我的幸福就在于母亲向来是唯一的，且至今健在。"而当我用钢笔写下这句话的时候，我立刻就想到了你们，并感到痛心疾首，就跟自己干了什么坏事似的。可事实就是事实，是无法掩饰的。从这方面来说，我是幸福的，而你们是不幸的，并且，这种不幸无可挽回。啊，我的不幸的孩子们啊！

如今回想起来，那已经是七年前的事情了。从凌晨三点起，你们的母亲逐渐感到阵痛。于是，一种不安的氛围就开始笼罩全家。当时，正下着暴风雪。虽说是在北海道，可这么猛烈狂暴的风雪也是十分罕见的。那所远离市镇，孤零零建在河边的房子，在风中摇晃着，仿佛随时都有可能被刮走似的。飞雪扑打在玻璃窗上，将原本就遭到卷毛云阻拦的阳光再次遮蔽，所以长夜虽然已经过去，可黑暗老也不肯从屋里退去。电灯关掉后，就只剩下一片昏暗了。你们的母亲裹在白色的被褥中，精神恍惚，痛苦地呻吟着。我在一名学生和一个女佣的帮助下，生火烧水，并打发人去请接生婆。当接生婆满身是雪，跌跌撞撞地赶来后，屋子里所有的人才长

1　指作者为大正六年十月号的《新家庭》所写的随笔《我的母亲》。

出了一口气，放下心来。可是，到了中午，到了午后，依旧没有要生的迹象。从接生婆和护士的脸上，我看到了唯有我才看得出的忧虑之后，就彻底慌了手脚，再也无法待在书房里静候结果了。我走进产房，担任起紧握产妇双手的角色来。每次阵痛袭来，接生婆都会呵斥似的大声鼓劲，以期尽快降生。可痛苦了一阵子之后，产妇却又马上沉沉睡去了。她睡得十分安稳，还打着鼾，仿佛将一切都忘得一干二净。接生婆和之后赶来的医生也只得面面相觑，长吁短叹。每当产妇陷入昏睡，似乎医生都在考虑是否采用非常手段。

到了下午，屋外的暴风雪渐渐平息，浓云间漏出的太阳光，戏耍般地照射在窗户的积雪上。然而，越来越厚重的不安之云却压在了屋里每个人的头上。医生，接生婆还有我，我们都被各自的不安死死揪住，而面临最可怕之危险深渊的产妇和胎儿，似乎反倒没有一丝危机感，两条生命都昏昏然地睡死过去了。

想来是在下午三点整的时候吧——出现生产迹象后的第十二个小时——在即将偏西的阳光中，袭来了最后一波剧烈的阵痛。仿佛从恶梦中醒来一般，产妇猛地睁开眼来，目光毫无目的地死死钉在了某一点上，面部肌肉扭曲着，与其说是由于痛苦，倒不如说是出于恐惧。与此同时，她把我的上身拽到自己的胸上，双手似剪绞住了我的后背，用力之大，让人觉得要不是我也使出了同等的力气，我的胸膛就要被她压瘪了。这时，在场所有的人都站起身来。医生和接生婆不顾一切地高喊着给产妇鼓劲。

突然，我感到产妇的手臂放松了，抬头一看，只见接生婆的跟前仰面朝天的躺着个婴儿，脸上没有一点血色。接生婆跟拍皮球似的拍打着婴儿的胸脯，嘴里喊着“葡萄酒，葡萄酒”。护士拿来了葡萄酒。接生婆通过表情和语言吩咐她将酒倒入盆中。随着一阵浓郁的芬芳，盆中的热水变成了血红色。婴儿浸泡其中。过了一会儿，轻微的啼哭声终于打破了让人透不过气来的沉寂。

广大的天地间，一位母亲和一个儿子，刹那间诞生了。

这时，刚刚生产的母亲望着我，无比虚弱地笑了。看到她如此模样，我的眼泪竟然不由自主地夺眶而出。此情此景，我不知道用怎样的语言来向你们描述才好。或许可以说，是我那整个的生命将眼泪从我眼里挤出来的吧。从那时起，生活的各个方面都在我眼前改变了模样。

你们之中最先见到人世之光的那个，就是如此这般地降临的。老二、老三，虽说在出生的难易程度上有所差别，但都给父母留下了不可思议的印象。从这方面来说，你们的出生是毫无差别的。

就这样，随着你们的相继出生，一对年轻的夫妇就成了三个孩子的父母。

那一阶段，我内心正有着各种各样的问题，不可胜数，而平日里又总是穷于应付，从未做过一件能让自己接近于“满意”的事情。由于我有着无论什么事情都喜欢独自琢磨的性格，所以尽管表面上过着与大家一样波澜不惊的生活，可内心却会被不时泛起的不安搞得焦躁万分。有时候我会后悔结婚，有时候又会怨恨你们的出生。为什么要在自己的人生状态尚不鲜明的时候就结婚呢？有了家室之累就不能自由驰骋了，可自己却为什么要主动将这枷锁套在头上呢？为什么非得将两人发泄肉欲的结果看作上天的恩赐呢？我是否应该将用在建立家庭方面的操劳和精力用到别的地方去呢？

我时常因为自己的心烦意乱而冷落你们的母亲，甚至令她哭泣。与此同时，对待你们的方式也时常是不近人情的。你们只要稍稍哭得时间长一点或胡闹不乖，我听到后就想做点暴虐之事。我在写稿时，你们的母亲来跟我说些家务琐事，或听到你们哭闹，我就会不由自主地拍案而起。并且，明知过后会感到万分落寞，也还会用严厉的言辞呵斥你们，或责罚你们。

然而，命运对于我如此任性，如此蛮横的惩罚，也终于降临了：你们的母亲病倒了。平日里，你们的母亲不忍心把你们交给保姆照看，每天晚上总是让你们三个睡在自己枕头的左右，整夜地哄你们睡觉，给你们温牛奶，伺候你们小解，从未睡过一个好觉，为你们奉献了无尽的母爱。不料她竟突然发起了四十一度的高烧，一病不起。这事本就足够令人震惊了，而当前来出诊的两名医生都认为是肺结核的症状时，我就只有面无人色，目瞪口呆了。随后，痰检的结果，又毋庸置疑地证实了医生的诊断。于是，在十月末的一个萧索秋日，你们的母亲不得不抛下四岁、三岁、两岁的你们，住进了医院。

我每天结束工作后，匆匆回家，然后就带上你们之中的一个或两个，急急忙忙地赶去医院。一个我刚在该城市落脚就来帮佣的，做事踏实牢靠的门徒宗老婆婆，帮我在病房里照料着。那位老婆婆一看到你们，就偷偷地擦眼泪。你们一看到躺在床上的母亲就飞奔过去，想要扑到她的身上。那时，你们的母亲尚未被告知自己得了肺结核，所以也想把你们像宝贝似的搂在胸前。我只得随机应变，手忙脚乱地阻拦着，不让你们靠近病床，于是就多次品尝到了那种恪尽忠义，被人误解后又百口难辩之人的内心苦楚。然而尽管如此，我也已经没有对你们发火的勇气了。每当我将你们从母亲身边拉开而踏上归家之路时，往往是路灯已经亮起，正昏昏然地照着路面的时候了。走进大门，只有用人等在家里。他们尽管有两三个，却不肯给留在家里的小孩换尿布。因感到不舒服而哭叫着的宝宝的屁股下面，常常是湿漉漉的。

你们都是特别不肯接受外人的孩子。我总是在好容易哄你们睡着之后，才悄悄地进书房去查些资料。这时，尽管我的身体已经非常疲惫，可精神仍亢奋着。做完这些事要睡觉时，往往已是十一点前后了，而已经养成神经过敏习惯的你们，却刚好从梦中惊醒。拂晓时分，你们中的一个哭着要喝奶了，而被吵醒后，我就别想在天光大亮之前再合上眼睑。吃过早饭之后，我就红着眼睛，抱着仿佛含有僵硬内核的脑袋，上班去了。

北国的寒冬，眼看着就一步步地逼近了。有时去医院，正赶上你们的母亲从床上坐起身子，眺望着窗外。看到我之后，就说想尽快出院。说是看到窗外的枫树变成了这个样子，心里一片凄惶。诚如此言，刚住院时，红叶满树，如火如荼，如今已凋落殆尽，一片也不剩了。花坛里的菊花，遭遇严霜之后，也在这个不该枯萎的季节里枯萎了。我觉得仅仅是让你们的母亲每天都面对着如此的萧瑟景象，就已经于心难忍了。然而，你们母亲的心思其实并不在此，其实她是在想你们，她一刻也不想离开你们。

终于等到了出院那天，可谁知天气又格外的恶劣，不仅寒风怒号，天上还下起了雪珠。我本想劝她暂缓出院，一下班就匆匆地赶去。可到那儿一看，病房里空空如也，前面提到的那位老婆婆正在角落里归置那些别人送来的东西、坐垫和茶具等物。我急忙回家，见你们已围在母亲身旁嬉戏打闹了。面对此情此景，我不由得泪如雨下。

原来，在不知不觉间，我们早已变得难舍难分了。面对着步步紧逼的寒冷，我们亲子五人宛如紧紧依偎在一起的杂草一般，分享着彼此的体温，极力地保护着自己。然而北国的严寒太过峻烈，远不是我们五人的热量所能抵御的。于是，我只得带上一个病人和年幼无知的你们，如同迁徙中的大雁一般，逃向了南方。

那天夜里，正下着那年的第一场雪，而就在那纷纷扬扬的大雪中，我们踏上了旅程，离开了你们三人的出生和养育之地。几张难以忘怀的面孔，在昏暗的车站月台上与我们依依惜别。随即，津轻海峡那阴郁的海面，就被远远地抛在了后面。一名一直跟到东京来的学生，像妈妈似的将你们中最小的一个整夜地抱在怀里。种种细节，倘要一一叙述，恐怕就不胜繁琐了。总而言之，经过了两天烦闷的旅程，我们总算都平平安安地来到了晚秋之中的东京。

与先前所居住的地方不同，东京住着我的兄弟和许多亲戚，他们全都对我们表示了深切的同情。而这又给了我多么大支持啊！不久之后，你们的母亲就住进了K海岸的一所小型出租别墅里，我们则住在附近的旅馆，每日前去探望。有一阵子，母亲的病情减轻了许多，我们甚至可以同你们的母亲一起到海边的沙丘上去晒太阳，轻松愉快地度过两三个小时了。

我不明白命运到底是出于何种打算而赐予我们如此之幸福时光的。然而，不管怎么样，它要做的事情，也还是一定要完成的。到了那一年的年底，你们母亲的病情竟然因一次轻微的感冒而急转直下，你们之中的一个也突然莫名其妙地发起了高烧。我不忍心将这事儿告诉你们的母亲。可病中小孩子又让我一时无法脱身，使我不能像以前那样频繁地看望她了。于是你们的母亲就责备起我的疏懒来，最后连我自己也躺倒了。我和病中的小孩子并排躺着，因从未有过的高烧而苦苦呻吟着。我的工作？到了如此地步，我的工作就已经离我有千里之遥了。可即便这样，我也丝毫不为自己的所作所为感到后悔。因为，在我的心中还燃烧着一股比高烧更为炽热的热情。那就是：我要为了你们而战斗到最后一刻。

然而，新年伊始，悲剧的高潮就早早地来临了：必须让你们的母亲知道自己病情的真相了。当完成了这一艰难任务的医生回去后，我所见到的你们母亲的神情，定将是永生难忘的。她的头枕在枕头上，脸色刷白，凄楚清朗。她以淡淡的微笑表达着冷彻的觉悟，静静地望着我。她的脸上，清清楚楚地镌刻着对于死亡的认命[1]与对于你们的难以割舍的眷恋，并且这眷恋已到了无以复加的地步。此情此景，真所谓惨不忍睹，我不由得垂下了眼帘。

去H海岸住院的日子终于到来了。你们的母亲拿定了主意：不治好疾病，就到死也不与你们见面。然而，当她穿上觉得以后不会再穿的盛装——事实上以后也确实再未穿过——动身之前，竟然在亲娘和婆婆的面前嚎啕大哭了起来。在平日里，尽管身为女性，你们的母亲却是极为坚强的，甚至可以说，即便是在与我独处之时，也是从不落泪的，可在那时，她却泪流不止，哭成了一个泪人儿。那热泪，是仅属于你们的珍贵之物。那热泪，如今已经干涸了。或许它已变成了飘过天空的一片云，或溪流中的一滴水，或大海里的一个泡沫，或存留在意想不到的某人的泪窝里，到

1　原文为德语：Resignation。

底怎样，不得而知。然而，不管怎么说，那热泪都是仅属于你们的珍贵之物。

当我们来到停汽车的地方，看到你们也出来送母亲了。高烧刚退的那个还站立不稳，由女佣背着；一个趔趔趄趄地走着；最小的那个，由于祖父母们怕你们的母亲见了过于伤心，就没带出来。说是来送行，可你们太天真幼稚了，两眼尽忙着看大汽车了。你们的母亲只得无比落寞地望着你们。汽车开动时，你们在女佣的鼓动下像军人似的行了个举手礼。你们的母亲笑了，微微地低头作别。恐怕你们没料到这一刻就是与母亲的永别吧。多么不幸的孩子们啊！

之后，在到母亲停止呼吸为止的一年零七个月的那段时间里，我们各自都展开了激烈的战斗。你们的母亲是为了以最高姿态迎接死亡而战；为了给你们留下最博大的母爱而战；为了完完全全地理解我而战。我呢，在为了将你们的母亲从病魔的手中抢夺过来而战；为了像个男子汉那样勇于面对无情的命运而战。你们呢，则是为了将自己从不可思议的命运中解放出来而战；为了在与自身不相称的际遇中找到合适的位置而战。战斗艰苦卓绝，甚至可以说是到了鲜血淋漓的程度。我、你们的母亲以及你们，都屡屡中弹，伤痕累累，跌倒，爬起，又跌倒，苦苦地挣扎着。

就在你们长到了六岁、五岁和四岁的那一年，死神终于降临了。死亡毁灭了一切。死亡也拯救了一切。

你们母亲的遗书中最崇高的部分，就是写给你们的那一段。倘若你们日后有机会读到这篇文章，最好也同时读一下母亲的遗书。你们的母亲纵然是血泪纵横，也没有改变至死不与你们见面的决心。这并非完全是出于会把病菌传染给你们的担心，也不仅仅是担心见到你们后会伤心欲绝，而是担心自己临死前的惨状刺激你们纯洁的心灵，担心让你们终生蒙受阴影，担心在你们茁壮成长的灵魂上留下一丁点创伤。她知道，让幼儿知道死亡是有百害而无一利的。她希望在举行葬礼时，让女佣带着你们快快乐乐地度过一天。你们的母亲就是这么写的。她还留下了一首和歌：

“思儿心念似日光，恒久不息照人世。”

你们的母亲去世之时，你们正在信州山上我叔父的家里。为此，叔父甚至写信来说，不让你们与母亲见最后一面，恐将抱憾终生。可我还是恳求叔父照看你们，不让你们下山。或许你们将来会觉得我这样做有些残酷吧。眼下已是十一点半了。就在我草拟此文的房间的隔壁，你们三个枕头挨着枕头，睡梦正酣。眼下，你们都还很幼小。可当你们到了我这个年龄时，就会高度赞赏我的做法，也即你们的母亲所要我做的事情吧。

自那以后，我又走过了怎样的人生道路呢？事实上，正是你们母亲的去世，促使我走上了今后的人生正道，并使我懂得了，我只要好好地爱护自己，毫不犹豫地沿着这条大道走下去就行了。我以前曾在某作品[1]中塑造了一个决定牺牲自己妻子的人物。而在现实中，正是你们的母亲为我作出了牺牲。世上再也没有像我这样不懂得如何使用自身现有力量的人了。我周围的人，只知道将我看作一个怯懦、鲁钝、无能、可怜的人，却没人愿意帮我认清这种怯懦、鲁钝和无能。而你们的母亲却做到了这一点。她使我在懦弱中感到了力量；从无能中找到了该做的事；于胆怯中发现了勇气；在鲁钝中找出了敏锐。换言之，我敏锐地发现了自己的鲁钝，勇敢地承认了自己的胆怯，通过劳作体会到了自己的无能。于是我觉得我能够以这股力量来鞭策自己，成就他人了。如果你们回顾我的过去，定将会因我并未碌碌无为，虚度一生而欣喜的吧。

在某个淫雨霏霏，家中弥漫着阴郁氛围的日子里，你们之中的一个不知怎的默不作声爬进我的书房来，只喊了一声“爸爸”就依偎在我的膝头抽抽搭搭地哭了起来。啊，到底是什么促使你们天真的双眼流出眼泪呢？不幸的孩子们啊！再也没什么比看到你们委顿于无端的悲哀而更令人痛感人世之悲凉的了。而当你们精神抖擞地跟我请过早安后，再跑到母亲的照片前欢快地叫一声“妈，你好啊”的瞬间，我就感到快意直透心底，仿佛瞬间永恒的世界突然呈现在了眼前。

1　指作者创作于1917年的短篇小说《实验室》。书中描绘了一个为了查明病因而不顾他人的反对，对妻子的尸体进行解剖研究的医生。

世人一定以为我如此感怀是迂腐不堪的。因为大千世界，纷纷扰扰，各类事件，数不胜数，而丧妻无非是其中之一罢了。忙忙碌碌的世人是没那么多的闲工夫来小题大做的。诚然，这也无可厚非的。可尽管这样，不要说我了，就连你们也总有一天会感到，无可替代的丧母之痛竟是如此的沉重。你们绝不可因世人的麻木不仁而为自己的刻骨铭心感到羞愧。没什么可羞愧的。反倒可以这么说，从这种司空见惯的现象中，我们也能深深地感触到人生之悲凉。正所谓小事未必是小事，大事也未必是大事，孰轻孰重，在乎一心。

因为，你们还是人生的幼苗，叫人看着都心疼。无论你们是在哭，是在笑，是兴致勃勃还是落落寡欢，作为你们的父亲，我看在眼里都会感到阵阵的伤痛。

然而，这丧妻丧母之痛到底会对我，对你们，产生多大的影响，恐怕你们还一无所知吧。这一巨大的损失，使我们对生活的体验又深入了许多。我们的生命之根又在大地中扩展了几许。人生在世，就该深入地体会人生，否则灾祸不远。

与此同时，我们也不能一味地沉浸于自己的悲痛之中。你们的母亲在去世之前，从未受过金钱匮乏之累。想吃什么药就能吃什么药，想吃什么东西就能吃什么东西。由于非常偶然的，所处社会阶层的关系，我们得以享受这种并非特权的特权。你们之中，或许还有人依稀记得U氏一家的情形吧。U氏受到亡妻的传染，患上了肺结核。按说他的性情，还是比较理智的，却又笃信天理教，想通过祈祷来治愈疾病。我一想到他那种心情，心里就难受得不行。至于是药物有效还是祈祷有效，我不得而知。不过，U氏也想服用医生所开的药的。可他吃不起。他尽管每天便血，可还是照常去政府部门上班。脖子上整天缠着手绢，喉咙里只能发出些沙哑的声音。他十分清楚，工作会使病情加重。但是，为了维持老母和两个孩子的生活，他只好在祈祷的同时，硬撑着去上班。后来果然病势越发的沉重了，他拿出仅有的一点钱来做古贺液[1]注射。可由于乡下医生的毛躁疏忽，针头没扎中静脉，反倒引发了猛烈的高烧。最后，U氏就这么抛下没有一点财产的老母和幼儿，一命呜呼了。他们就住在我们的隔壁。所谓造化弄人，就是具有这样讽刺意味。所以，你们在想起母亲病故的同时，也应该记起U氏之死，并为填平其间可怕的深沟而努力。我之所以这样说，是我觉得你们母亲的死亡，是足以让你们的爱心扩展到如此地步的。

人世足够冷漠、凄凉。可是，难道我们能若无其事说说风凉话吗？你们和我，已经尝到了爱的滋味，就跟尝到了鲜血滋味儿的野兽一样。去吧，尽我们所能，去将我们周围的人从这冷漠凄凉的境况之中拯救出来吧。我爱过你们，而且会永远地爱你们。我爱你们并不是想作为父亲而从你们那里得到什么回报，只是请你们接受我的感谢而已。因为，是你

1　由古贺玄三郎发明的一种治疗结核病的针剂，在当时颇受好评。

们教会了我，教会了我如何来爱你们。当你们长大成人时，或许我已经命赴黄泉了。当然，也可能仍在努力工作。也可能已经老朽不堪，全无用处了。无论怎样，我都不需要你们的救助。你们充满朝气的力量，是不该浪费在已开始走下坡路的我的身上的。你们可以像那将业已倒毙的老狮子吃掉从而蓄积自身力量的小狮子一样，毅然决然地抛下我，奋勇踏上自己的人生旅程。

眼下，时针已指在夜半过后的一点十五分。万籁俱寂，唯有你们浓睡中平和的呼吸声，若有若无地传入房中。我的眼前，是你们的婶婶献给你们的母亲的玫瑰花，装饰在一张照片前。这让我不由得回想起拍摄这张照片时的情形。当时，你们的母亲正怀着你们之中最小的那个。你们的母亲，内心一直充满着不可思议的憧憬和恐慌，连她自己也搞不懂这是怎么回事。那时，你们的母亲分外美丽。她说是要效仿希腊的母亲们，故而在房间挂了些好看的肖像画。其中有密涅瓦、歌德、克伦威尔和南丁格尔。当时，我是以略带嘲讽心态来看待这种少女般的雄心的，如今回想起来，就再也不能轻易地付之一笑了。我一对你们的母亲说要给她照相，她就精心地化了妆，换上了最好看的礼服，然后步入我那位于二楼的书房。看到她如此模样，我不禁有些目瞪口呆。你们的母亲凄然一笑，说，分娩就是女人的出征。要么生下个宝宝，要么一命呜呼，两者必居其一，所以要整治好赴死之妆容。——那时，我也不知轻重地笑了起来。而如今回想起来，是无论如何也笑不出来的。

深夜的沉寂令我肃然。我甚至觉得，你们的母亲正坐在书桌的对面。正如遗书里所写的那样，你们母亲的爱，一定会极尽全力地保护你们的。好好地睡吧。不可思议的时刻自有其不可思议的作用，我把你们交给它了。好好地睡吧。然后明天从被窝里跳出个更大、更聪明的你们来。我呢，自会全力以赴，恪尽职守。我的一生，无论多么失败，多么经不起诱惑，也决不会让你们在我的足迹上发现任何污秽的。定然如此！我一定会让你们从我倒下的地方踏上新的征程的。至于该走向何方，尽管不甚鲜明，可我也一定会让你们在我的足迹上找到答案的。

幼小的孩子们啊，你们的父母是不幸的，同时又是幸福的。你们就满怀着父母的祝福踏上人生的旅程吧！前路漫漫，且昏暗不明，你们绝不可畏惧不前。前方的道路，永远是展开在勇敢者的面前的。

去吧！奋勇前进吧！幼小的孩子们。

一九一八年一月

社会风尚

陶孟和 著

保定军官学校今年夏天招考新生，原定额数只有二百名，但是投考的竟来了七千人。听说后来陆军部没有法子，在正额以外又多取三百名。这些投考的有什么志向，怀着什么远大的希望，我们猜不透，我们亦就不敢用先天的（Apriori）论法去责备他们或是称赞他们。不过这桩事叫我们要注意的，就是社会风尚这个问题。为什么社会里头造出一种风尚来呢？虽然是膻的，亦要附；虽然是臭的，亦要趋。到底是什么缘故呢？我想，现在倘若有人可以找出这个缘故来，就可以研究救济社会的方法了。

现在要讨论起这个问题来，总要几十万言。我现在只就一时想到的写几句吧。我想，人的行为的动机不是单纯的。一个人为什么做这件事，不是一句话可以包括的，一定有许多心理的作用：爱啊，惧啊，贪啊，自骄啊，许多的作用在那里时时改变他的行为，扰害他的心思。所以，评定一个人的动机不是容易的事。所以，投考军官学校的不必有同样的动机。然而，有三种事是人人都想的。人总想要活着，还要活着舒服，并且还要大家看得起他。说到这里，不能不考察我们社会的情形了。我们以先的社会，只有读书的、做官的两种人算最高贵。自从科举废了，学堂开了，读书的也就没有什么特别荣幸了。现在的官职，虽然有什么国务院记名、道尹记名的花样，但是学堂毕业的还有许多找不到官做的。现在，出身最快、实利最多的就是军官了，所以，投考的这样多并不是什么可怪的现象，差不多一般的人遇见机会可以投考，当然也是报名的。可怪的倒是那遇见机会也不去投考，就是反对社会风尚的那一般人了。

什么就可以叫人不附和那社会风尚呢？宗教家说要信上帝，帝制派说是要复辟或是设虚君制，那实业家就要倡起那物质救国。我想，这个问题也不是这样容易解决的。那转移社会的事情，并没有什么金丹，一服就好的。现在的人要找那 Caryle[1] 书上所说的“毛利孙的丸药”，那是求远，找不到的。（参观 Carlyle 的《过去和现在的》一书）我想，我们青年人不必学那般名流，专去在嘴上研究那“大政方针”或是救国秘诀，反把自己忘了。我们先就我上边所说的三件事情想一想罢。

一、人总要活。但是，我们的生命什么样才值得活着呢？

1　托马斯·卡莱尔（1795–1881），苏格兰哲学家、评论家、历史学家，代表作品《法国革命》《论英雄》。下文提到的《过去和现在的》，即 *Past and Present*，今多译为《过去和现在》。

二、活着要舒服。但是，要什么样的舒服才值得活着呢？

三、要大家看得起。但是，要世上哪一类的人看得起才值得活着呢？

每个青年人要是对于这问题仔细想了，就可以定他自己的人生观。按着自己的人生观行去，青年对于自己的义务就尽了。我们先盼望把对于自己的义务尽了，再去研究那个社会的大问题罢！

一九一八年九月十五日

多余的“典故”

钱玄同 著

近见上海《时报》上有一个广告，其标题为《通信教授典故》，其下云：“……搜罗群书，编辑讲义；用通信教授；每星期教授一百，则每月可得四百余……每月只需纳讲义费大洋四角，预缴三月，只收一元……”有个朋友和我说：“这一来，又不知道有多少青年学生的求学钱要被他们盘去了。”我答道：“一个月破四角钱的财，其害还小。要是买了他这本书来，竟把这四百多个典故熟读牢记，装满了一脑子，以致已学的正当知识被典故驱出脑外；或脑中被典故盘踞满了，容不下正当知识，这才是受害无穷哩！”

我要敬告青年学生：诸君是二十世纪的“人”，不是古人的“话匣子”。我们所以要做文章，并不是因为古文不够，要替他添上几篇，是因为要把我们的意思写它出来。所以应该用我们自己的话，写成我们自己的文章；我们的话怎样说，我们的文章就该怎样做。有时读那古人的文章，不过是拿它来做个参考；绝不是要句模字拟，和古文做得一模一样的。至于古人文中所说当时的实事，和假设一事来表示一种意思者，在他的文章里，原是很自然的。我们引了来当典故用，不是肤泛不切，就是索然寡味，或者竟是“驴头不对马嘴”，与事实全然不合。我们做文章，原是要表出我们的意思，现在用古人的事实来替代我们的意思：记忆事实，已经耗去许多光阴；引用时的斟酌，又要煞费苦心；辛辛苦苦做成了，和我们的意思竟不相合——或竟全然相反。请问，这光阴可不是白耗，苦心可不是白费，辛苦可不是白辛苦了吗？唉！少年光阴，最可宝贵，努力求正当知识，还恐怕来不及，乃竟如此浪费；其结果，不但不能得丝毫之益，反而受害——用典故做的文章，比不用典故的要不明白，所以说反而受害——我替诸君想想，实在有些不值得！

一九一九年一月十五日

北大第二十二年开学式演说词

蔡元培 著

今日为北京大学第二十二年的开学日。新到诸生差不多占四分之一。本来旧生所知道的，也当为新生申说大概。况此次学潮[1]以后，外边颇有谓北京大学学生专为政治运动，能动不能静的。不知道本校学生这次的加入学潮，是激于一时的爱国热诚，为特别活动，一到研究学问的机会，仍是非常镇静的。外边流言，实是误会。但是，我们也不可不作“有则改之、无则加勉”的打算。所以，我现在把北京大学的教育方针说说，不但给新生指示趋向，也是为旧生提醒一番的意思。

诸君须知，大学并不是贩卖毕业的机关，也不是灌输固定知识的机关，而是研究学理的机关。所以，大学的学生并不是熬资格，也不是硬记教员讲义，是在教员指导之下主动

1　1919 年 1 月，中国代表在巴黎和会上的正义要求遭拒。5 月，北京大学部分学生获悉此情况，召开会议，号召大家奋起救国，并联合北京高等师范学校、中国大学等十三校代表举行集会及游行示威，拉开五四运动帷幕。

地研究学问的。

为达上文所说的目的，所以延聘教员，不但是求有学问的，还要求于学问上很有研究的兴趣，并能引起学生的研究兴趣的。不但世界的科学取最新的学说，就是我们本国固有的材料，也要用新方法来整理他。这种标准，虽不是一时就能完全适合，但我们总是向这方面进行。又如图书、杂志、仪器、标本，研究学理上所必不可少的，我们限于经费，虽不能一时购置完善，但也是逐年增加的。且既然认定大学是研究学理的机关，对于纯粹学理的文理科，自当先作完全的建设。我们因文理科尚有许多门类，为经费与地位所限，不能一时并设，所以，乘北洋大学同是国立，同有土木工科、采矿冶金科的关系，把工科归并北洋。即用工科的经费与教室、实验室，来扩充理科的一部分。

研究学理，不可不屏除分心的嗜好，所以，本校提倡进德会，对于嫖娼的恶习，官吏议员的运动，是悬为戒律的。研究学理，必要有一种活泼的精神，不是学古人“三年不窥园”的死法能做到的，所以，本校提倡体育会、乐音会、书画研究会等，来涵养心灵。大凡研究学理的结果，必要影响于人生。傥没有养成博爱人类的心情，服务社会的习惯，不但印证的材料不完全，就是研究的结果也是虚无。所以，本校提倡消费公社、平民讲演、校役夜班与《新潮》杂志等，这些都是本校最注重的事项，望诸君特别注意。

抑本校很愿多延各国硕学来校讲授，惜机会很不易得。

今年适值杜威博士来华游历，本校得博士与哥伦比亚大学校长的允许，得请博士留华一年，在本校讲授哲学，这是很难得的机会。所以，今日特请博士演说，并先为绍介。

一九一九年九月二十日

留别北大学生的演说

刘半农 著

今天是北京大学第22周年的纪念日。承校长蔡先生的好意，因为我不日就要往欧洲去了，招我来演说，使我能与诸位同学，有个谈话的机会，我很感谢。

我到本校担任教科，已有三年了。因为我自己限于境遇，没有能受到正确的、完备的教育，稍微有一点知识，也是不成篇段、没有系统的，所以自从到校以来，时时惭愧，时时自问有许多辜负诸位同学的地方。所以我第一句话，就是要请诸位同学，承受我这很诚恳的道歉。

就我三年来的观察，知道诸位同学，大都是觉醒的青年；若依着这三年来的进行率进行，我敢说，将来东亚大陆的文化的发展，完全寄附在诸位身上。所以我对于诸位，不必更说什么，只希望诸位都本着自己已有觉悟，向前猛进。

如今略说我此番出去留学的趣旨，以供诸位的参考。

我们都知道人类的工作的交易，是造成世界的元素；所以我们生长于世界之中，个个都应当做一份的工。这做工，就是人类的天赋的职任。

神圣的工作，是生产工作。我们因为自己的意志的选择，或别种原因，不能做生产的工作，而做这非生产的工作，在良心上已有一分的抱歉，在社会中已可算得一个“寄生虫”。所以我们于这有缺憾之中，要做到无缺憾的地步，其先决问题，就是要做“益虫”，不要做“害虫”。那就是说，应当做有益于生产的工作者的工，做一般生产的工作者所需要而不能兼顾的工。

而且非但要做，还要尽力去做，要把我们一生的精力完全放进去做。不然，我们若然自问——

我们有什么特权可以不耕而食？

我们有什么特权可以不织而衣？岂不要受良心的裁判吗？

这便叫作“职任”。

因其是职任，所以我们一切个人的野心或希冀，都应该消灭。那吴稚晖先生所说“面筋学生”一类的野心，我们诚然可以自分没有；便是希望做“学者”做“著作家”的高等野心，也尽可以不必预先存着。因为这只可以从反面说过来，若然我们的工做得好，社会就给我这一点特别酬劳；不能说，我们因为要这个特别酬劳才去做工（我们应得的酬劳，就是我们天天享用的，已很丰厚）。若然如此，我们一旦不要了，就可以不做，那还叫得什么责任？

如此说，可见我此番出去留学，不过是为希望能尽职起见，为希望我的工作做得圆满起见，所取的一种相当的手续，并不是把留学当作充满个人欲望的一种工具。

我愿意常常想到我自己的这一番话，所以我把它供献于诸位。

还有一层，我也引为附带的责任的，就是我觉得本校的图书馆太不完备，打算到了欧洲，把有关文化的书籍，尽力代为采购；还有许多有关东亚古代文明的书或史料，流传到欧洲去的，也打算设法抄录或照相，随时寄回，以供诸位同学的研究。图书馆是大学的命脉，图书馆里多有一万本好书，效用亦许可以抵上三五个好教授。所以这件事，虽然不容易办，但我尽力去办。

结尾的话是，我是中国人，自然希望中国发达，希望我回来时，中国已不是今天这样的中国。但是我对于中国的希望，不是一般的去国者，对于“祖国”的希望，以为应当如何练兵，如何造舰，我是——

希望中国的民族，不要落到人类的水平线下去；

希望世界的文化史上，不要把中国除名。

怎么样才可以做到这一步？——还要归结到我们的职任。

一九一九年十二月十七日

今日青年之弱点

章太炎 著

现在青年第一个弱点，就是把事情太看得容易，其结果不是侥幸，便是退却。因为大凡作一件事情，在起初的时候，很不容易区别——谁为杰出之士，必须历练许多困难，经过相当时间，然后才显得出谁为人才，其所造就，方才可靠。近来一般人士，皆把事情看得容易，亦有时机凑巧，居然侥幸成功，他们成功，即是侥幸得来，因之他们凡事皆想侥幸成功。但是天下事，哪有许多侥幸呢？于是乎一遇困难，废然而返，则毁谤丛集——譬如辛亥革命诸人，多半未经历练，真才不易显出——诸君须知凡侥幸成功之事，便显不出谁是勇敢，谁是退却，因之杂乱无章，遂无首领之可言。假使当时革命能延期三年，清廷奋力抵抗，革命诸人，由那艰难困苦中历练出来，既无昔日之侥幸成功，何至于有今日之纷纷退却。现在青年若能将这个弱点痛改，遇事宜慎重，决机宜敏速，抱志既极坚确，观察又极明了，则无所谓侥幸退却，只有百折不回，以达吾人最终之目的而已。

现在青年第二个弱点，就是妄想凭借已成势力，就将自己原有之才能，皆一并牺牲，不能发展。譬如辛亥革命，大家皆利用袁世凯推翻清廷，后来大家都上了袁世凯的当——历次革命之利用陆荣廷、岑春煊，皆未得良好结果。若使革命诸人，听由自己的力量，一步一步的做去，旗帜鲜明，宗旨确定，未有不成功的。他们的少年中国学会，主张不利用已成势力，我是很赞成的。不过已成势力，无论大小，皆不宜利用。抱定宗旨，向前做去，自然志同道合的青年，一天多似一天，那力量就不小了！惟最要紧的，须要耐得过这寂寞日子，不要动那凭借势力的念头！

现在青年第三个弱点，就是虚慕文明。虚慕那物质上的文明，其弊是显而易见的；就是虚慕那人道主义，也是有害的。原来人类性质，凡是能坚忍的人，都是含有几分残忍性，不过他时常勉强抑制，不易显露出来，有时抑制不住，那残忍性便和盘托出——譬如曾文正破九江的时候，杀了许多人，所杀者未必皆是洪、杨党人，那就是他的残忍性抑制不住的表示，也就是他除恶务尽的办法——这回欧洲大战，死了多少人，用了若干钱，直到德、奥屈服，然后停战。我们试想欧战四年中，死亡非不多，损失非不大，协约各国为什么不讲和呢？这就是欧美人做事彻底的表现，也就是除恶务尽的办法——现在中国是煦煦为仁的时代，既无所谓坚忍，亦无所谓残忍，当道者对于凶横蛮悍之督军，卖国殃民之官吏，无不包容之奖励之，决不妄杀一个，是即所谓人道主义。今后之青年做事皆宜彻底，不要虚慕那人道主义。

现在青年第四个弱点，就是好高骛远。在求学时代，都以将来之大政治家自命，并不踏踏实实去求学问。在少年时代，偶然说几句大话，将来偶然成功，那些执笔先生，就称他为少年有大志——譬如郑成功做了一篇《小子当洒扫应对进退》的八股，中有“汤武证诛，亦洒扫也；尧舜揖让，亦进退也；小子当之，有何不可”数语。不过偶然说几句大话而已，后人遂称为少年有大志——故现在青年之好高骛远，在青年自身，当然亟应痛改！即前辈中之好以“少年有大志”奖励青年者，亦当负咎。我想欧、美各国青年，在求学时代，必不如中国青年之好高骛远。大家如能踏踏实实去求学问，始足与各国青年相竞争于二十世纪时代也。

一九一七年十月至一九一八年十月

未有天才之前

鲁迅 著

我自己觉得我的讲话不能使诸君有益或者有趣，因为我实在不知道什么事，但推托拖延得太长久了，所以终于不能不到这里来说几句。

我看现在许多人对于文艺界的要求的呼声之中，要求天才的产生也可以算是很盛大的了，这显然可以反证两件事：一是中国现在没有一个天才，二是大家对于现在的艺术的厌薄。天才究竟有没有？也许有着罢，然而我们和别人都没有见。倘使据了见闻，就可以说没有；不但天才，还有使天才得以生长的民众。

天才并不是自生自长在深林荒野里的怪物，是由可以使天才生长的民众产生、长育出来的，所以没有这种民众，就没有天才。有一回拿破仑过 Alps（阿尔卑斯山），说，“我比 Alps 山还要高！”这何等英伟，然而不要忘记他后面跟着许多兵；倘没有兵，那只有被山那面的敌人捉住或者赶回，他的举动，言语，都离了英雄的界线，要归入疯子一类了。所以我想，在要求天才的产生之前，应该先要求可以使天才生长的民众。——譬如想有乔木，想看好花，一定要有好土；没有土，便没有花木了；所以土实在较花木还重要。花木非有土不可，正同拿破仑非有好兵不可一样。

然而现在社会上的论调和趋势，一面固然要求天才，一面却要他灭亡，连预备的土也想扫尽。举出几样来说：

其一就是“整理国故”。自从新思潮来到中国以后，其实何尝有力，而一群老头子，还有少年，却已丧魂失魄的来讲国故了，他们说，“中国自有许多好东西，都不整理保存，倒去求新，正如放弃祖宗遗产一样不肖。”抬出祖宗来说法，那自然是极威严的，然而我总不信在旧马褂未曾洗净叠好之前，便不能做一件新马褂。就现状而言，做事本来还随各人的自便，老先生要整理国故，当然不妨去埋在南窗下读死书，至于青年，却自有他们的活学问和新艺术，各干各事，也还没有大妨害的，但若拿了这面旗子来号召，那就是要中国永远与世界隔绝了。倘以为大家非此不可，那更是荒谬绝伦！我们和古董商人谈天，他自然总称赞他的古董如何好，然而他决不痛骂画家、农夫、工匠等类，说是忘记了祖宗：他实在比许多国学家聪明得远。

其一是“崇拜创作”。从表面上看来，似乎这和要求天才的步调很相合，其实不然。那精神中，很含有排斥外来思想，异域情调的分子，所以也就是可以使中国和世界潮流隔绝的。

许多人对于托尔斯泰，都介涅夫[1]，陀思妥夫斯奇[2]的名字，已经厌听了，然而他们的著作，有什么译到中国来？眼光囚在一国里，听谈彼得和约翰就生厌，定须张三李四才行，于是创作家出来了，从实说，好的也离不了刺取点外国作品的技术和神情，文笔或者漂亮，思想往往赶不上翻译品，甚者还要加上些传统思想，使他适合于中国人的老脾气，而读者却已为他所牢笼了，于是眼界便渐渐地狭小，几乎要缩进旧圈套里去。作者和读者互相为因果，排斥异流，抬上国粹，哪里会有天才产生？即使产生了，也是活不下去的。

这样的风气的民众是灰尘，不是泥土，在他这里长不出好花和乔木来！

还有一样是恶意的批评。大家的要求批评家的出现，也由来已久了，到目下就出了许多批评家。可惜他们之中很有不少是不平家，不像批评家，作品才到面前，便恨恨地磨墨，立刻写出很高明的结论道："唉，幼稚得很。中国要天才！"到后来，连并非批评家也这样叫喊了，他是听来的。其实即使天才，在生下来的时候的第一声啼哭，也和平常的儿童的一样，决不会就是一首好诗。因为幼稚，当头加以戕贼，也可以萎死的。我亲见几个作者，都被他们骂得寒噤了。那些作者大约自然不是天才，然而我的希望是便是常人也留着。

1　今通译为屠格涅夫。

2　今通译为陀思妥耶夫斯基。

恶意的批评家在嫩苗的地上驰马，那当然是十分快意的事；然而遭殃的是嫩苗——平常的苗和天才的苗。幼稚对于老成，有如孩子对于老人，决没有什么耻辱；作品也一样，起初幼稚，不算耻辱的。因为倘不遭了戕贼，他就会生长、成熟、老成；独有老衰和腐败，倒是无药可救的事！我以为幼稚的人，或者老大的人，如有幼稚的心，就说幼稚的话，只为自己要说而说，说出之后，至多到印出之后，自己的事就完了，对于无论打着什么旗子的批评，都可以置之不理的！

就是在座的诸君，料来也十之九愿有天才的产生罢，然而情形是这样，不但产生天才难，单是有培养天才的泥土也难。我想，天才大半是天赋的；独有这培养天才的泥土，似乎大家都可以做。做土的功效，比要求天才还切近；否则，纵有成千成百的天才，也因为没有泥土，不能发达，要像一碟子绿豆芽。

做土要扩大了精神，就是收纳新潮，脱离旧套，能够容纳、了解那将来产生的天才；又要不怕做小事业，就是能创作的自然是创作，否则翻译、介绍、欣赏、读、看、消闲都可以。以文艺来消闲，说来似乎有些可笑，但究竟较胜于戕贼他。

泥土和天才比，当然是不足齿数的，然而不是坚苦卓绝者，也怕不容易做；不过事在人为，比空等天赋的天才有把握。这一点，是泥土的伟大的地方，也是反有大希望的地方。而且也有报酬，譬如好花从泥土里出来，看的人固然欣然地赏鉴，泥土也可以欣然地赏鉴，正不必花卉自身，这才心旷神怡的——假如当作泥土也有灵魂的说。

一九二四年一月十七日

在北京师范大学附属中学校友会演讲

泰戈尔给清华学子的讲话

[印度]拉宾德拉纳特·泰戈尔 著
徐志摩 译

我的青年朋友们，我眼见你们年轻的面目上闪着聪慧与渴望求知的志趣。我们之间隔着年岁的距离——我已经到达黄昏落日的海岸，你们还远远地站在日出的乡土，但我心向着你们，我真心祝福你们。

我羡慕你们。在我年纪尚小，夜未央而日未出之时，我们一代人不曾意识到我们出生在一个如何伟大的时代。那个伟大时代的意义和启示在今天已然阐清。我相信今天世上有许多人已经受到伟大时代的感召。

你们生长在人类历史上最伟大的一个时代，这对你们大概是一大快事，同时你们又肩负何等大的责任！我们从自己身受的苦难和痛楚的火光中隐约察觉到这个时代的伟大。当代的苦难是普世的，但我们对这苦难将以何等的形式发生并未全知。

种子中有完整的生命在绽放，但种子对本身之内涵也不可全知。哪怕到了胚芽冲破种皮之时，我们也无从断定种胚将长成什么形态，枝叶上将培出什么果实。

观人类历史长河，尽管创造世界的力量最常生于黑暗之中，但人类总归引领着造物方向，因此人类能够插足本身的命运发展之路。当代这颗种子已经豁裂冒芽！如今就看你们每一个人了，看你们打算如何培养这个新鲜的生命滋长。

关乎这个时代，最伟大的事实是什么？那就是广博的未来派来了一名信使，他已叩响我们的大门，所有门障业已让路。我们的门户豁然开阔。人类各种族不再藏匿，他们走出各自的藩篱，聚在一处。

过去，我们总隐躲在国家民族的墙围里，各自奔忙于雕琢自己的人生。我们看不见墙围以外的世界上演的故事。在协调自我的成长之时，我们既无智慧又无机遇去追逐世界大潮。但我们已经走出藩篱，再无墙围将我们藏匿。总算至今，我们必须向全世界证明我们的价值，而非只是在容宠我们的自己人面前卖弄。我们必须证明自己的存在价值，必须从各族独有的文化中向全世界展示其中共通的部分。

现在我在中国，我来问你们，我也问我自己，我们有的是什么，我们可以从家里拿出什么东西奉呈给这个新时代向它致敬？你们必须回答这个问题。你们了解自己的心思吗？你们了解自己的文化吗？你们自己的历史中最为精髓、最亘古不变的是什么？若你们有一天要免于他人最具恶意的羞辱、蔑视和排挤，你们至少必须知道这些。在这黑暗中举起你们的灯火，加入世界文化的伟大灯火会吧。

我曾听闻——中国坊间也有人这样说道，说你们以物质主义与实利主义至上，说你们执着于此生，贪惜这个世界，说你们不曾放飞梦想，也不在遥远的天堂里寻求来世的指望。倘若如此，我们也只好接受这个事实，干脆不作无谓的抗争。你们必得知道，倘若这便是你们的天资，那么只要取之有道，也可做出贡献。

然而，我决不能置信世界上有任何一个民族能够兼具伟大的德性，同时又实利主义至上。

我有一个信念，你们若说这是执念也可，那就是，亚洲此地绝无一个民族完全降服于实利主义。此地蔚蓝的天穹之上，金黄的日光之中，繁星点点的夜空里，寒来暑往的气候更迭中，有一些难以捉摸的东西。它们仿佛挽着摇曳的花篮，让我们能发自内心地聆听到现实存在的音符。我看得出来，你们并未充耳不闻。

我发现，中国人目前尚未染上已在世界大面积横行的社会痼疾。染上这种恶疾的社会会无意义地追逐财富的积累，还会催生一种奇怪的生物——亿万富豪。我曾听闻，你们的国人并不崇尚野蛮的好战主义。倘若你们确是实利主义者，这一切是断然不可能的。

你们确实热爱世界，你们对物质也确有一种强烈的沾恋，但这并不等同于将自己的所有都圈入排他的墙围之中。你们不吝于分享财富，你们会将远道的亲戚奉为座上宾，可你们自己的日子甚至都不甚富裕。除非你们不是实利主义者，否则这一切不可能是真的。

我曾周游你们的国家，亲见人们对于田地丰收的专注之甚，也亲见你们赋予日用家当的完美心思。这一切怎么可能出自贪恋物质的人之手呢？

你们若承认是贪念引领着这一切，那么，仅有功用而无其他，必会使得环境中的优美和雅致一触即消。你们没有发现吗？上海、天津悄悄蒙上了一种弥漫全世界的丑陋之恶，纽约、伦敦、加尔各答、新加坡和香港也都是丑陋的大都市。它们所触及之处，生气与意致都被一一剥蚀，仿佛上帝对它们收回了恩典。然而，北京非但对此尚无任何迹象，反而在人际交联上显出无与伦比的美好轮廓。在北京，哪怕最普通的商店都有独特的简装布置。

你们都热爱自己的生活，这番热爱会触及生活的方方面面，让它变得美好。贪心与实利做不到这一点。贪心与实利只能产生做买卖的办公楼，不能产生有人情的房子。买卖哪可能是美好的呢？

能眷爱物质却不过分贪恋，而且能给它们披上优美的意致，这便是对造物的一桩伟大奉献。

上苍的意思是要我们将世界化作自己的家园，不是要我们像住店一样住在这里。唯有真心地热爱世界，真心地使世界更美好，才能将这世界化作自己的家园。

想想自己过往的经历，你便可得知美好、温柔、殷勤是为一般，而机械型的整洁和效用是为另一般。

粗鄙的实用主义扼杀美。

现如今世界上有许多大批量生产的产业、大规模企业和庞大的帝国统治机构，这林林总总是我们人生之路的阻滞。

我们的文明正在等候一个伟大的完满结果，等待一个能表述它精魂之美的说辞。它所等待的，一定就是你们所能奉呈与它的贡献。

你们可知，你们出手将事物变得美好，成就了什么？我这个来自远方国度的人，本应当被许多当地事物所阻碍。然而，你们用美为我疏通道路，让我处处收到热情。我融入了这里，因为我的灵魂以美为乐。

人生活在异国他乡总会遇到一摞摞日常的琐物，生活会愈发变得像古埃及的法老王墓般遥不可及。那些琐物仿佛咕哝着：“躲开！”

而我在你们的国家，却发现这里的日用物品格外令我瞩目。它们像在热情地唤我靠近：“来，快拿去用吧。”而非冰冷的：“躲开！”

你们愿意对自己的这份责任弃置不顾吗？你们愿意浪费这一份能将万事万物变美的天资，让它被白白糟蹋掉，让不正当的至上主义取而代之吗？

恶之花已经在你们的商业场铺好温床开始繁衍，准备入侵你们的心灵，换取你们的认同。假使你们接纳了它，假使你们往后繁衍，大概在一两个世代以后，这种伟大的天资就将被全副抹杀。它还剩下什么？你还有什么可回报给人类，以换取你存在过的荣耀？

只是，你们并无使内心接纳丑恶的禀性。我愿意相信，你们没有这样的禀性。

你们也许会说："我们想进步。"你们的国人就曾在过去创造了进步的奇迹，他们做出过伟大的发明，这些发明还被其他民族借鉴和复制。但你们并未从此就闲下来停滞不前，这些进步也全用在了刀刃上，从未拖累你们的生活。

在进步与完美之间，为何总得有一道沟壑？若你们能够利用将万物变美的天资跨越这道沟壑，便是为人类做了伟大的奉献。

这便是你们的使命了。去向世界证明，无需实利主义至上，也可以热爱大地并且眷恋大地上的事物——无贪恋地去爱。贪婪之人必会被贪欲之绳缚在他的积累之物上。而你们未被绳缚，这体现在你们愿不辞辛苦使万物尽善尽美。

你们凭借本能便掌握了万物尽美的奥秘——不是科学力量之谜，而是万物表达之谜。此事居伟大之至，因为只有上苍才知道这个奥秘。你们看看天然造物外显之奇迹，看野处的花，看夜空的星，看地里的草。这种难以捉摸的美，无法在实验室里剖解分析，也无法放入实验容器。你们拥有这种本能，你们何其幸运！这种天资无法传授，但你们可以分享给我们。

这些拥有完美品性的事物属全人类所有。闭关锁门也锁不住美的锋芒，那是一种上苍绝不容许的亵渎。假如你们成功创作了美，美便是热情，便是好客；而我，一个陌生来客，可以在美之中心找到我的归宿。

我已经倦了，年纪也大了。这也许是我们最后的一次会面了。因此，我竭尽我的至诚恳求你们，不要理会恶俗力量和荒诞巨体的诱惑，不要被积累占有的意志所引导，不要被无意义、无目的的百万营利所迷惑。

珍爱你们那凡事必求完美的意念。你们的一切工作事务，一切行动都应维系这一意念。如此，你们虽眷爱大地上的物质，你们的心灵仍旧完满无损，你们必能将人间变成天堂，又为一切事物赋予灵魂。

一九二四年五月一日晚
在清华大学的演讲

自剖

徐志摩 著

我是个好动的人；每回我身体行动的时候，我的思想也仿佛就跟着跳荡。我做的诗，不论它们是怎样的“无聊”，有不少是在行旅期中想起的。我爱动，爱看动的事物，爱活泼的人，爱水，爱空中的飞鸟，爱车窗外掣过的田野山水。星光的闪动，草叶上露珠的颤动，花须在微风中的摇动，雷雨时云空的变动，大海中波涛的汹涌，都是在在触动我感兴的情景。是动，不论是什么性质，就是我的兴趣，我的灵感。是动，就会催快我的呼吸，加添我的生命。

近来却大大的变样了。第一我自身的肢体，已不如原先灵活；我的心也同样的感受了不知是年岁还是什么的拘絷。动的现象再不能给我欢喜，给我启示。先前我看着在阳光中闪烁的金波，就仿佛看见了神仙宫阙——什么荒诞美丽的幻觉不在我的脑中一闪闪掠过；现在不同了，阳光只是阳光，流波只是流波，任凭景色怎样的灿烂，再也照不化我的呆木的心灵。我的思想，如其偶尔有，也只似岩石上的藤萝，贴着枯干的粗糙的石面，极困难地蜒着；颜色是苍黑的，姿态是崛强的。

我自己也不懂得何以这变迁来得这样的兀突，这样的深彻。

原先我在人前自觉竟是一注的流泉，在在有飞沫，在在有闪光；现在这泉眼，如其还在，仿佛是叫一块石板不留余隙的给镇住了。我再没有先前那样蓬勃的情趣，每回我想说话的时候，就觉着那石块的重压，怎么也掀不动，怎么也推不开，结果只能自安沉默！“你再不用想什么了，你再没有什么可想的了”；“你再不用开口了，你再没有什么话可说的了”，我常觉得我沉闷的心府里有这样半嘲讽半吊唁的谆嘱。

说来我思想上或经验上也并不曾经受什么过分剧烈的戟刺。我处境是向来顺的，现在，如其有不同，只是更顺了的。那么为什么有这变迁？远的不说，就比如我年前到欧洲去时的心境：啊！我那时还不是一只初长毛角的野鹿？什么颜色不激动我的视觉，什么香味不奋兴我的嗅觉？我记得我在意大利写游记的时候，情绪是何等的活泼，兴趣是何等的醇厚，一路来眼见耳听心感的种种，哪一样不活栩栩地业集在我的笔端，争求充分的表现！如今呢？我这次到南方去，来回也有一个多月的光景，这期内眼见耳听心感的事物也该有不少。我未动身前，又何尝不自喜此去又可以有机会饱餐西湖的风色，邓尉的梅香——单提一两件最合我脾胃的事。有好多朋友也曾期望我在这闲暇的假期中采集一点江南风趣，归来时，至少也该带回一两篇爽口的诗文，给在北京泥土的空气中活命的朋友们一些清醒的消遣。但事实上不但在南中时我白瞪着大眼，看天亮换天昏，又闭上了眼，拼天昏换天亮，一枝秃笔跟着我涉海去，又跟着我涉海回来，正如岩洞里的一根石笋，压根儿就没一点摇动的消息；就在我回京后这十来天，任凭朋友们怎样的催促，自己良心怎样的责备，我的笔尖上还是滴不出一点墨沈来。我也曾勉强想想，勉强想写，但到底还是白费！可怕的是这心灵骤然的呆顿。完全死了不成？我自己在疑惑。

说来与时局也许有关系。我到京几天就逢着空前的血案。五卅事件发生时我正在意大利山中，采茉莉花编花篮儿玩，翡冷翠山中只见明星与流萤的交唤，花香与山色的温存，俗氛是吹不到的。直到七月间到了伦敦，我才理会国内风光的惨淡，等得我赶回来时，设想中的激昂，又早变成了明日黄花，看得见的痕迹只有满城黄墙上墨彩斑斓的“泣告”。

这回却不同。屠杀的事实不仅是在我住的城子里发现，我有时竟觉得是我自己的灵府里的一个惨象。杀死的不仅是青年们的生命，我自己的思想也仿佛遭着了致命的打击，比是国务院前的断脰残肢，再也不能回复生动与连贯。但这深刻的难受在我是无名的，是不能完全解释的。这回事变的奇惨性引起愤慨与悲切是一件事，但同时我们也知道在这根本上起变态作用的社会里，什么怪诞的情形都是可能的。屠杀无辜，还不是年来最平常的现象。自从内战纠结以来，在受战祸的区域内，哪一处村落不曾分到过遭奸污的女性，屠残的骨肉，供牺牲的生命财产？这无非是给冤氛团结的地面上多添一团更集中更鲜艳的怨毒。再说哪一个民族的解放史能不浓浓地染着Martyrs（殉道者）的腔血？俄国革命的开幕就是二十年前冬宫的血景。只要我们有识力认定，有胆量实行，我们理想中的革命，这回羔羊的血就不会是白涂的。所以我个人的沉闷决不完全是这回惨案引起的感情作用。

爱和平是我的生性。在怨毒、猜忌、残杀的空气中，我的神经每每感受一种不可名状的压迫。记得前年奉直战争时我过的那日子简直是一团黑漆，每晚更深时，独自抱着脑壳伏在书桌上受罪，仿佛整个时代的沉闷盖在我的头顶——直到写下了《毒药》那几首不成形的咒诅诗以后，我心头的紧张才渐渐地缓和下去。这回又有同样的情形；只觉着烦，只觉着闷，感想来时只是破碎，笔头只是笨滞。结果身体也不舒畅，像是蜡油涂抹住了全身毛窍似的难过，一天过去了又是一天，我这里又在重演更深独坐箍紧脑壳的姿势，窗外皎洁的月光，分明是在嘲讽我内心的枯窘！

不，我还得往更深处按。我不能叫这时局来替我思想骤然的呆顿负责，我得往我自己生活的底里找去。

平常有几种原因可以影响我们的心灵活动。实际生活的牵掣可以劫去我们心灵所需要的闲暇，积成一种压迫。在某种热烈的想望不曾得满足时，我们感觉精神上的烦闷与焦躁，失望更是颠覆内心平衡的一个大原因；较剧烈的种类可以麻痹我们的灵智，淹没我们的理性。但这些都合不上我的病源；因为我在实际生活里已经得到十分的幸运，我的潜在意识里，我敢说不该有什么压着的欲望在作怪。

但是在实际上反过来看另有一种情形可以阻塞或是减少你心灵的活动。我们知道舒服、健康、幸福，是人生的目标，我们因此推想我们痛苦的起点是在望见那些目标而得不到的时候。我们常听人说："假如我像某人那样生活无忧我一定可以好好地做事，不比现在整天的精神全花在琐碎的烦恼上。"我们又听说："我不能做事就为身体太坏；若是精神来得，那就……"我们又常常设想幸福的境界，我们想："只要有一个意中人在跟前，那我一定奋发，什么事做不到？"但是不，事实上，舒服、健康、幸福，不但不一定是帮助或奖励心灵生活的条件，它们有时正得相反的效果。我们看不起有钱人、在社会上得意的人、肌肉过分发展的运动家，也正在于此；至于年少人幻想中的美满幸福，我敢说等得当真有了红袖添香，你的书也就读不出所以然来，且不说什么在学问上或艺术上更认真的工作。

那末生活的满足是我的病源吗？

"在先前的日子"，一个真知我的朋友，就说："正为是你生活不得平衡，正为你有欲望不得满足，你的压在内里的 Libido 就形成一种升华的现象，结果你就借文学来发泄你生理上的郁结。（你不常说你从事文学是一件不预期的事吗？）这情形又容易在你的意识里形成一种虚幻的希望，因为你的写作得到一部分赞许，你就自以为确有相当创作的天赋以及独立思想的能力。但你只是自冤自，实在你并没有什么超人一等的天赋，你的设想多半是虚荣，你的以前的成绩只是升华的结果。所以现在等得你生活换了样，感情上有了安顿，你就发现你向来的写作来源顿呈萎缩甚至枯竭的现象；而你又不愿意承认这情形的实在，妄想到你身子以外去找你思想枯窘的原因，所以你就不由地感到深刻的烦闷。你只是对你自己生气，不甘心承认你自己的本相。不，你原来并没有三头六臂的！

“你对文艺并没有真兴趣，对学问并没有真热心。你本来没有什么更高的志愿，除了相当合理的生活，你只配安分做一个平常人，享你命里注定的‘幸福’；在事业界，在文艺创作界，在学问界内，全没有你的位置，你真的没有那能耐。不信你只要自问在你心里的心里有没有那无形的‘推力’，整天整夜的恼着你，逼着你，督着你，放开实际生活的全部，单望着不可捉摸的创作境界去冒险？是的，顶明显的关键就是那无形的推力或是冲动（The Impulse），没有它人类就没有科学，没有文学，没有艺术，没有一切超越功利实用性质的创作。你知道在国外（国内当然也有，许没那样多）有多少人被这无形的推力驱使着，在实际生活上变成一种离魂病性质的变态动物，不但人间所有的虚荣永远沾不上他们的思想，就连维持生命的睡眠饮食，在他们都失了重要，他们全部的心力只是在他们那无形的推力所指示的特殊方向上集中应用。怪不得有人说天才是疯癫；我们在巴黎、伦敦不就到处碰得着这类怪人？如他是一个美术家，恼着他的就只怎样可以完全表现他那理想中的形体；一个线条的准确，某种色彩的调谐，在他会得比他生身父母的生死与国家的存亡更重要，更迫切，更要求注意。我们知道专门学者有终身掘坟墓的，研究蚊虫生理的，观察亿万万里外一个星的动定的。并且他们决不问社会对于他们的劳力有否任何的认识，那就是虚荣的进路；他们是被一点无形的推力的魔鬼蛊定了的。

“这是关于文艺创作的话，你自问有没有这种情形。你也许经验过什么‘灵感’，那也许有，但你却不要把刹那误认作永久的，虚幻认作真实。至于说思想与真实学问的话，那也得背后有一种推力，方向许不同，性质还是不变。做学问你得有原动的好奇心，得有天然热情的态度去做求知识的工夫。真思想家的准备，除了特强的理智，还得有一种原动的信仰；信仰或寻求信仰，是一切思想的出发点：极端的怀疑派思想也只是期望重新归置于信仰的一种努力。古来没有一个思想家不是宗教性的。在他们，各按各的倾向，一切人生的和理智的问题是实在有的；神的有无，善与恶，本体问题，认识问题，意志自由问题，在他们看来都是含逼迫性的现象，要求合理的解答——比山岭的崇高，水的流动，爱的甜蜜更真，更实在，更耸动。他们的一点心灵，就永远在他们设想的一种或多种问题的周围飞舞、旋绕，正如灯蛾之于火焰：牺牲自身来贯彻火焰中心的秘密，是他们共有的决心。

“这种惨烈的情形，你怕也没有吧？我不说你的心幕上就没有思想的影子；但它们怕只是虚影，像水面上的云影，云过影子就跟着消散，不是石上的溜痕越日久越深刻。

“这样说下来，你倒可以安心了！因为个人最大的悲剧是设想一个虚无的境界来谎骗你自己；骗不到底的时候你就得忍受‘幻灭’的莫大的苦痛。与其那样，还不如及早认清自己的深浅，不要把不必要的负担，放上支撑不住的肩背，压坏你自己，还难免旁人笑话！朋友，不要迷了，定下心来享你现成的福分吧；思想不是你的分，文艺创作不是你的分，独立的事业更不是你的分！天生抗了重担来的那也没法想。（哪一个天才不是活受罪！）你原来是轻松的，这是多可羡慕，多可贺喜的一个发现！算了吧，朋友！”

一九二六年三月二十五至四月一日

“还我头来”及其他

梁遇春 著

关云长兵败麦城，虽然首级给人拿去招安，可是英灵不散，吾舌尚存，还到玉泉山，向和尚诉冤，大喊什么“还我头来”！这是多么惊心动魄的事，万想不到我现在也来发出同样阴惨的呼声。

但是我并非爱做古人的鹦鹉，实在有不得已的苦衷，在所谓最高学府里头，上堂，吃饭，睡觉，匆匆地过了五年，到底学到了什么，自己实在很怀疑。然而一同同学们和别的大学中学的学生接近，常感觉到他们是全知的——人们，（差不多要写做上帝了。）他们多数对于一切大大小小长长短短的问题，都有一定的意见，说起来滔滔不绝，这是何等可羡慕的事。他们知道宗教是应当“非”的，孔丘是要打倒的，东方文化根本要不得，文学是苏俄最高明，小中大学都非专教白话文不可，文学是进化的（因为胡适先生有一篇文学进化论），行为派心理学是唯一的心理学，哲学是要立在科学上面的，新的一定是好，一切旧的总该打倒，以至恋爱问题、女子解放问题……他们头头是道，十八般武艺无一不知。鲁拙的我看着不免有无限的羡慕同妒忌。更使我赞美的是他们的态度，观察点总是大同小异——简直是全同无异。有时我精神疲倦，不注意些，就分不出是谁在那儿说话。我从前老想大学生是有思想的人，各个性格不同，意见难免分歧，现在一看这种融融泄泄的空气，才明白我是杞人忧天。不过凡庸的我有时试把他们所说的话，拿来仔细想一下，总觉头绪纷纷，不是我一个人的力几秒钟的时间所能了解。有时尝尽艰难，打破我这愚拙的网，将一个问题，从头到尾，好好想一下，结果却常是找不出自己十分满意的解决方法，只好归咎到自己能力的薄弱了。有时学他们所说的，照样向旁人说一下，因此倒得到些恭维的话，说我思想进步。荣誉虽然得到，心中却觉惭愧，怕的是这样下去，满口只会说别人懂（？）自己不懂的话。随和是做人最好的态度，为了他人，失了自己，也是有牺牲精神的人做的事；不过这么一来，自己的头一部一部消灭了，那岂不是个伤心的事情吗？

由赞美到妒忌，由妒忌到诽谤是很短的路。人非圣贤，谁能无过，我有时也免不了随意乱骂了。一回我同朋友谈天，我引美国 Cabell[1] 说的话来泄心中的积愤，我朋友或者猜出我恼羞成怒的动机，看我一眼，我也只好住口了。现在

1　詹姆斯·布朗奇·卡贝尔（1879–1958），美国作家，代表作品《玩笑之罪》《银马》等。下文提到的《不朽》（*Beyond Life*）今多译为《超越人生》。

他不在这儿，何妨将Cabell话译出，泄当时未泄的气。Cabell在他那本怪书，名字叫做《不朽》（*Beyond Life*）中说：

“印刷发明后，思想传布是这么方便，人们不要麻烦费心思，就可得到很有用的意见。从那时候起很少人高兴去用脑力，伤害自己的脑。”

Cabell在现在美国，还高谈Romance（浪漫史），提倡吃酒，本来是个狂生，他的话自然是无足重轻的，只好借来发点牢骚不平罢！

以上所说的是自己有愿意把头弄掉，去换几个时髦的字眼的危险。此外在我们青年旁边想用快刀阔斧来取我们的头者又大有人在。思想界的权威者无不用其权威来做他的文力统一。从前《晨报副刊》登载青年必读书十种的时候，我曾经摇过头。所以摇头者，一方面表示不满意，一方面也可使自己相信我的头还没有被斩。这十种既是青年所必读，那么不去读的就不好算做青年了。年纪轻轻就失掉了做青年的资格，这岂不是等于不得保首级？回想二三十年前英国也有这种开书单的风气。但是Lord Avebury[1]在他*The Pleasure of Life*（《人生乐趣》）里所开的书单的题目不过是“List of 100 Books”（《百本书目表》）。此外Lord Acton（阿克顿

1　约翰·卢伯克（1834–1913），英国考古学家、生物学家和政治家。1865年，他首先提出“旧石器时代”和“新石器时代”这两个名词。1900年，为纪念他帮助保存了英国最大的石器遗址，他被晋封为埃夫伯里男爵。《人生乐趣》是他的一部休闲之作。

勋爵），Shorter（约翰·吉尔·肖特尔）等所开书单者，标题皆用此。彼等以爵士之尊，说话尚且这么谦虚，不用什么“必读”等命令式字眼，真使我不得不佩服西人客气的精神了。想不到后来每况愈下，梁启超先生开个书单，就说没有念过他所开的书的人不是中国人，那种办法完全是青天白日当街杀人的刽子手行为了。胡适先生在《现代评论》中曾说他治哲学史的方法是唯一无二的路，凡同他不同的都会失败。我从前曾想抱尝试的精神，怀疑的态度，去读哲学，因为胡先生说过真理不是绝对的，中间很有商量余地，所以打算舍胡先生的大道而不由，另找个羊肠小径来。现在给胡先生这么当头棒喝，只好摆开梦想，摇一下头——看还在没有。总之在旁边窥伺我们的头者，大有人在，所以我暑假间赶紧离开学府，万里奔波，回家来好好保养这六斤四的头。

所以“还我头来”是我的口号，我以后也只愿说几句自己确实明白了解的话，不去高攀，谈什么问题主义，免得跌重。说的话自然平淡凡庸，或者反因为它的平淡凡庸而深深地表现出我的性格，因为平淡凡庸的话只有我这鲁拙的人，才能够说出的。无论如何总不至于失掉了头。

末了，让我抄几句 Arnauld[1] 在 *Port-Royal Logic* 里面的话，来做结束罢。

1　安托万·阿尔诺（1612–1694），法国神学家、逻辑学家和哲学家，与尼科尔一同编写了《波尔·罗亚尔逻辑》，即下文提到的 *Port-Royal Logic*。该书经多次出版后，成为在欧洲影响颇大的一本教科书。

“我们太容易将理智只当做求科学智识的工具，实在我们应该用科学来做完成我们理智的工具；思想的正确是比我们由最有根据的科学所得来一切的智识都要紧得多。”

中国普通一般自命为名士才子之流，到了风景清幽地方，一定照例地说若能够在此读书，才是不辜负此生。由这点就可看出他们是不能真真鉴赏山水的美处。读书是一件乐事，游山玩水也是一件乐事。若是当读书时候，一心想什么飞瀑松声绝崖远眺，我们相信他读书趣味一定不浓厚，同样地，若是当看到好风景时候，不将一己投到自然怀中，热烈领会生存之美，却来摆名士架子，说出不冷不热的套话，我们也知道他实在不能够吸收自然无限的美。我一想到这事，每每记起英国大诗人Chaucer[1]的几行诗。（这几行是我深信能懂的，其余文字太古了，实在不能知道得清楚。）他说：

“When that the month of May
Is come, and that I here the foules synge,
And that the floures gynnen for to sprynge,
Farurl my boke and my devocon.
Legende of Good Women.”

1　杰弗雷·乔叟（1343–1400），英国小说家、诗人，主要作品有小说集《坎特伯雷故事集》。他去世后，葬于威斯敏特教堂的“诗人之角”。

大意是当五月来的时候，我听到鸟唱，花也渐渐为春天开，我就向我的书籍同宗教告别了。要有这样的热诚才能得真正的趣味。徐旭生先生说中国人缺乏enthusiasm（热情），这句话真值得一百圈。实在中国人不止对重要事没有enthusiasm，就是关于游戏也是取一种逢场作戏随便玩玩的态度，对于一切娱乐事情总没有什么无限的兴味。闭口消遣，开口销愁，全失丢人生的乐趣，因为人生乐趣多存在对于一切零碎事物普通游戏感觉无穷的趣味。要常常使生活活泼生姿，一定要对极微末的娱乐也全心一意地看重，热烈地将一己忘掉在里头。比如要谈天，那么就老老实实说心中自己的话，不把通常流俗的意见，你说过来，我答过去地敷衍。这样子谈天也有真趣，不致像刻板文章，然而多数人谈天总是一副皮面话，听得真使人难过。关于说到这点的文章，我最爱读兰姆[1]的“Mrs. Battle's Opinions on Whist”。那是一篇游戏的福音，可惜文字太妙了，不敢动笔翻译。再抄一句直腿者流的话来说明我的鄙见罢。A-C. Benson[2]在*From a College Window*里说：

“一个人对于游戏的态度愈是郑重，游戏就越会有趣。”

1　查尔斯·兰姆（1775–1834），英国作家，写过诗歌、传记、剧本等，以“伊利亚”为笔名出版《伊利亚随笔》。梁遇春深受兰姆影响，被称为“中国的伊利亚”。下文提到的“Mrs. Battle's Opinions on Whist”，即《拜特尔太太谈打牌》。

2　编者注：亚瑟·克里斯托弗·本森（1862–1925），英国散文家、诗人、作家，剑桥大学莫德林学院第28届院长。下文提到的*From a College Window*是一部散文作品，今译为《从大学的窗口》。

因为我们对于一切都有些麻木，所以每回游玩山水，只好借几句陈语来遮饰我们心里的空虚。为维持面子的缘故，渐渐造成虚伪的习惯，所以智识阶级特别多伪君子，也因为他们对面子特别看重。他们既然对自然对人情不能够深切地欣赏，只好将快乐全放在淫欲、虚荣、权力、钱财这些方面。这总是不知生活术的结果。

有人说，我们向文学求我们自己所缺的东西，这自然是主张浪漫派人的说法，可是也有些道理。我们若不是麻木不仁，对于自己缺点总特别深切地感觉。所以对没有缺点的人常有过量的赞美，而对于有同一缺点的人，反不能加以原谅。Turgeniev（屠格涅夫）自己意志薄弱，是 Hamlet（哈姆雷特）一流的人物，他的小说描写当时俄国智识阶级意志薄弱也特别动人。Hazlitt（威廉·哈兹里特）自己脾气极坏，可是对心性慈悲什么事也不计较的 Goldsmith（奥利弗·戈德史密斯）却啧啧称美。朋友的结合，因为二人同心一意的虽多，而因为性质正相反的也不少。为的各有缺点各有优点，并且这个所没有的那个有，那个自己惭愧所少的，这个又有，所以互相吸引力特别重。心思缜密的管仲同性情宽大的鲍叔，友谊特别重；拘谨守礼的 Addison（约瑟夫·艾迪生）和放荡不羁的 Steele（理查德·斯蒂尔），厚重老成的 Southey（骚塞）和吃大烟什么也不管的 Coleridge（柯勒律治），也都是性情相背，居然成历史上有名友谊的榜样。老先生们自己道德一塌糊涂，却口口声声说道德，或者也是因为自己缺乏，所以特别觉得重要。我相信天下没有那么多伪君子，无非是无意中行为同口说的矛盾罢了。

我相信真真了解下层社会情形的作家，不会费笔墨去写他们物质生活的艰苦，而去描写他们生活的单调，精神奴化的经过，命定的思想，思想的迟钝，失望的麻木，或者反抗的精神，蔑视一切的勇气，穷里寻欢，泪中求笑的心情。不过这种细密精致的地方，不是亲身尝过的人像 Dostoevski（陀思妥耶夫斯基）、Gorki（高尔基）不能够说出，出身纨袴的青年文学家，还是扯开仁人君子的假面，讲几句真话罢！

因为人是人，所以我们总觉人比事情要紧，在小说里描状个人性格的比专述事情的印象会深得多。这是一件非常明显的事，然而近来所看的短篇小说多是叙一两段情史，用几十个风花雪月字眼，真使人失望。希望新文豪少顾些结构，多注意点性格。Tolstoy[1] 的《伊凡伊列支之死》，Conrad[2] 的 *Lord Jim* 都是没有多少事实的小说，也都是有名的杰作。

一九二七年七月六日，于福州

1　列夫·托尔斯泰（1828–1910），俄国作家、思想家、哲学家，代表作《战争与和平》《安娜·卡列尼娜》《复活》。下文提到的《伊凡伊列支之死》，今多译为《伊凡·伊里奇之死》，是托尔斯泰晚年的作品。

2　编者注：约瑟夫·康拉德（1857–1924），英国作家，擅长写冒险小说，被誉为“海洋小说大师”。下文提到的 *Lord Jim*，今多译为《吉姆爷》。

致加州理工学院全体学生

[美]阿尔伯特·爱因斯坦 著
陈少芸 译

亲爱的年轻朋友们：

我真的很高兴，能见到你们这一大群选择了应用科学作为专业的年轻人。对于我们已经在应用科学领域取得的成就，我愿高唱一曲赞歌；当然，你们在未来也无疑将大步推动应用科学的进程。毕竟我们就身在应用科学诞生的时代，也身在应用科学诞生之地。其实，我并不想说这种场面话。这就像是一个年轻人刚娶了一个不怎么称心的妻子，别人问他是否幸福，他回答说，“如果要我说真心话，那我就只得说谎了。”

我的情况恰是如此。试想一个未开化的印第安人，他的人生经历是否不如一般文明人丰富和快乐？我认为未必如此。否则，为何所有已开化的国家的孩子都喜欢玩“扮演印第安人”的游戏呢？这必定有其深层含义。

应用科学非常了不起，它节约了劳动力，又让人们的生活更舒适。既然如此，为什么它带给我们的幸福感却这么微弱呢？简单地说，这是因为我们还没能学会怎么明智地利用应用科学。

在战争年代，应用科学使我们学会毒害彼此，残杀彼此。在和平年代，应用科学使我们的生活既仓促又不安稳。它并没有在多大程度上将我们从单调劳动带来的精神压力中解救出来，反而令我们沦为机器的奴隶。人们绝大多数从早到晚都要做着枯燥的工作，还得为那点可怜的薪水提心吊胆，惶惶不可终日。

你们也许会想，你们面前这个糟老头子说的这些话是危言耸听。但我这样说是出于好意，希望能向你们指出一条明路。

你们若想让应用科学造福人类，那么只是理解应用科学是远远不够的。对人类自身及人类命运的忧患意识，应当一以贯之地作为所有技术领域重点关注的内容。要关注如何组织人类的劳动力、如何分配生产产品之类的重大未决问题，保证人类思想的造物最终能够造福人类，而不至于祸害人类。

在你们埋头沉浸于图表和方程之中时，决不要忘记这一点。

一九三一年二月十六日

在加利福尼亚理工学院的讲话

就任清华校长一职之演说

梅贻琦 著

离开清华，已有三年多的时间。今天在场的诸位，恐怕只有很少数的人认识我吧。我今天看出诸位里面，有许多女同学，这是从前我在清华的时候所没有的。我还记得我从前在清华负责的时候，就有许多同学向我请求，开放女禁，招收女生。我当时的回复说，招收女生这件事，在原则上我是赞成的，不过在事实上，我认为尚需有待。因为男女的性别不同，有许多方面，必须有特别的准备，所以必须经过相当的筹备，方能举办。现在在我出国的三年内，当然准备齐全，所以今天有许多女同学在场，这是本人所深以为慰的。本人能够回到清华，当然是极高兴、极快慰的事。可是想到责任之重大，诚恐不能胜任，所以一再请辞，无奈政府方面，不能邀准，而且本人与清华已有十余年的关系，又享受过清华留学的利益，则为清华服务，乃是应尽的义务，所以只得勉力去做，但求能够尽自己的心力，为清华谋相当的发展，将来可告无罪于清华足矣。清华这些年来，在发展上可算已有了相当的规模。本人因为出国已逾三年，最近的情形，不很熟悉，所以现在也没有什么具体的意见可说。现在姑且把我对于今后的清华所抱的希望，略为说一说。一、我先谈一谈清华的经济问题。清华的经济，在国内总算是特别的好，特别的幸运。如果拿外国大学的情形比起来，当然相差甚远，譬如哥伦比亚大学本年的预算，共有三千六百万美金，较之清华，相差不知多少。但比较国内的其他大学，清华的经济，总不能算少，而且比较稳定了。我们对于经济问题，有两个方针，就是基金的增加和保存。我们总希望清华的基金能够日渐增多，并且十分安全，不至动摇清华的前途。然而我们对于目前的必需，也不能因为求基金的增加而忽视，应当用的我们也还得要用，不过用的时候总要力图撙节与经济罢了。二、我希望清华今后仍然保持它的特殊地位，不使坠落。我所谓特殊地位，并不是说清华要享受什么特殊的权利，我的意思是要清华在学术的研究上，应该有特殊的成就，我希望清华在学术方面应向高深专精的方面去做。办学校，特别是办大学，应有两种目的：一是研究学术，二是造就人材。清华的经济和环境，很可以实现这两种目的，所以我们要向这方面努力。有人往往拿量的发展，来估定教育费的经济与否，这是很有商量的余地的。因为学术的造诣，是不能以数量计较的。我们要向高深研究的方向去做，必须有两个必备的条件，其一是设备，其二是教授。设备这一层，比较容易办到，我们只要有钱，而且肯把钱用在这方面，就不难办到。可是教授就难了。一个大学之所以为大学，全在于有没有好教授。孟子说："所谓故国者，非谓有乔木之谓也，有世臣之谓也。"我现在可以仿照说："所谓大学者，非谓有大楼之谓也，有大师之谓也。"我们的智识，固有赖于教授的教导指点，就是我们的精神修养，亦全赖有教授的 inspiration（鼓舞）。但是这样的好教授，决不是一朝一夕所可罗致的。我们只有随时随地留意延揽而已。同时对于在校的教授，我们应该尊敬，这也是招致的一法。三、我们固然要造就人材，但是我们同时也要注意到利用人材。就拿清华说吧，清华的旧同学，其中有很多人材，而且还有不少的杰出人材，但是回国之后，很少能够适当利用的。多半是用非所学，甚且有学而不用的，这是多么浪费——人材浪费——的一件事。我们今后对于本校的毕业生，应该在这方面多加注意。四、清华向来有一种俭朴好学的风气，这种良好的校风，我希望今后仍然保持着。清华从前在外间有一个贵族学校的名声，但是这是外界不明真相的结果，实际的清华，是非常俭朴的。从前清华的学生，只有少数的学生，是富家子弟，而大多数的学生，都是非常俭朴的。平日在校，多是布衣布服，棉布鞋，毫无纨绔习气。我希望清华今后仍然保持这种良好的校风。五、最后我不能不谈一谈国事。中国现在的确是到了紧急关头，凡是国民一分子，不能不关心的。不过我们要知道，救国的方法极多，救国又不是一天的事。我们只要看日本图谋中国的情形，就可以知道了。日本田中的奏策，诸位都看过了，你看他们那种处心积虑的处在，就该知道我们救国事业的困难了。我们现在，只要紧记住国家这种危急的情势，刻刻不忘了救国的重责，各人在自己的地位上，尽自己的力，则若干时期之后，自能达到救国的目的了。我们做教师、做学生的，最好最切实的救国方法，就是致力学术，造成有用人材，将来为国家服务。今天所说的，就只这几点，将来对于学校进行事项日后再与诸君商榷。

一九三一年十二月四日

赠与今年的大学毕业生

胡适 著

这一两个星期里，各地的大学都有毕业的班次，都有很多的毕业生离开学校去开始他们的成人事业。学生的生活是一种享有特殊优待的生活，不妨幼稚一点，不妨吵吵闹闹，社会都能纵容他们，不肯严格地要他们负行为的责任。现在他们要撑起自己的肩膀来挑他们自己的担子了。在这个国难最紧急的年头，他们的担子真不轻！我们祝他们的成功，同时也不忍不依据我们自己的经验，赠与他们几句送行的赠言，——虽未必是救命毫毛，也许作个防身的锦囊罢！

你们毕业之后，可走的路不出这几条：绝少数的人还可以在国内或国外的研究院继续作学术研究；少数的人可以寻着相当的职业；此外还有做官、办党、革命三条路；此外就是在家享福或者失业闲居了。

第一条继续求学之路，我们可以不讨论。走其余几条路的人，都不能没有堕落的危险。堕落的方式很多，总括起来，约有这两大类：

第一是容易抛弃学生时代的求知识的欲望。你们到了实际社会里，往往所用非所学，往往所学全无用处，往往可以完全用不着学问，而一样可以胡乱混饭吃，混官做。在这种环境里，即使向来抱有求知识学问的决心的人，也不免心灰意懒，把求知的欲望渐渐冷淡下去。况且做学问是要有相当的设备的；书籍，试验室，师友的切磋指导，闲暇的工夫，都不是一个平常要糊口养家的人容易办到的。没有做学问的环境，谁又能怪我们抛弃学问呢？

第二是容易抛弃学生时代的理想的人生的追求。少年人初次与冷酷的社会接触，容易感觉理想与事实相去太远，容易产生悲观和失望。多年怀抱的人生理想，改造的热诚，奋斗的勇气，到此时候，好像全不是那么一回事。渺小的个人在那强烈的社会炉火里，往往经不起长时期的烤炼就熔化了，一点高尚的理想不久就幻灭了。抱着改造社会的梦想而来，往往是弃甲曳兵而走，或者做了恶势力的俘虏。你在那俘虏牢狱里，回想那少年气壮时代的种种理想主义，好像都成了自误误人的迷梦！从此以后，你就甘心放弃理想人生的追求，甘心做现成社会的顺民了。

要防御这两方面的堕落，一面要保持我们求知识的欲望，一面要保持我们对于理想人生的追求。有什么好法子呢？依我个人的观察和经验，有三种防身的药方是值得一试的。

第一个方子只有一句话："总得时时寻一两个值得研究

的问题！”问题是知识学问的老祖宗；古今来一切知识的产生与积聚，都是因为要解答问题，——要解答实用上的困难或理论上的疑难。所谓“为知识而求知识”，其实也只是一种好奇心追求某种问题的解答，不过因为那种问题的性质不必是直接应用的，人们就觉得这是“无所为”的求知识了。我们出学校之后，离开了做学问的环境，如果没有一个两个值得解答的疑难问题在脑子里盘旋，就很难继续保持追求学问的热心。可是，如果你有了一个真有趣的问题天天逗你去想他，天天引诱你去解决他，天天对你挑衅笑你无可奈何他——这时候，你就会同恋爱中一个女子发了疯一样，坐也坐不下，睡也睡不安，没工夫也得偷出工夫去陪她，没钱也得撙衣节食去巴结她。没有书，你自会变卖家私去买书；没有仪器，你自会典押衣服去置办仪器；没有师友，你自会不远千里去寻师访友。你只要能时时有疑难问题来逼你用脑子，你自然会保持并发展你对学问的兴趣，即使在最贫乏的智识环境中，你也会慢慢地聚起一个小图书馆来，或者设置起一所小试验室来。所以我说：第一要寻问题。脑子里没有问题之日，就是你的智识生活寿终正寝之时！古人说，“待文王而兴者，凡民也。若夫豪杰之士，虽无文王犹兴。”试想Galileo（伽利略）和Newton（牛顿）有多少藏书？有多少仪器？他们不过是有问题而已。有了问题而后，他们自会造出仪器来解答他们的问题。没有问题的人们，关在图书馆里也不会用书，锁在试验室里也不会有什么发现。

第二个方子也只有一句话:“总得多发展一点非职业的兴趣。”离开学校之后，大家总得寻个吃饭的职业。可是你寻得的职业未必就是你所学的，或者未必是你所心喜的，或者是你所学而实在和你的性情不相近的。在这种状况之下，工作就往往成了苦工，就不感兴趣了。为糊口而做那种非“性之所近而力之所能勉”的工作，就很难保持求知的兴趣和生活的理想主义。最好的救济方法只有多多发展职业以外的正当兴趣与活动。一个人应该有他的职业，又应该有他的非职业的玩意儿，可以叫做业余活动。凡一个人用他的闲暇来做的事业，都是他的业余活动。往往他的业余活动比他的职业还更重要，因为一个人的前程往往全靠他怎样用他的闲暇时间。他用他的闲暇来打麻将，他就成个赌徒；你用你的闲暇来做社会服务，你也许成个社会改革者；或者你用你的闲暇去研究历史，你也许成个史学家。你的闲暇往往定你的终身。英国十九世纪的两个哲人，J. S. Mill（约翰・斯图尔特・密尔）终身做东印度公司的秘书，然而他的业余工作使他在哲学、经济学、政治思想史上都占一个很高的位置；Spencer（斯宾塞）是一个测量工程师，然而他的业余工作使他成为前世纪晚期世界思想界的一个“重镇”。古来成大学问的人，几乎没有一个不是善用他的闲暇时间的。特别在这个组织不健全的中国社会，职业不容易适合我们性情，我们要想生活不苦痛或不堕落，只有多方发展业余的兴趣，使我们的精神有所寄托，使我们的剩余精力有所施展。有了这种心爱的玩意儿，你就做六个钟头的抹桌子工作也不会感觉烦闷了，因为你知道，抹了六点钟的桌子之后，你可以回家去做你的化学研究，或画完你的大幅山水，或写你的小说戏曲，或继续你的历史考据，或做你的社会改革事业。你有了这种称心如意的活动，生活就不枯寂了，精神也就不会烦闷了。

第三个方子也只有一句话："你总得有一点信心。"我们生当这个不幸的时代，眼中所见，耳中所闻，无非是叫我们悲观失望的。特别是在这个年头毕业的你们，眼见自己的国家民族沉沦到这步田地，眼看世界只是强权的世界，望极天边好像看不见一线的光明——在这个年头不发狂自杀，已算是万幸了，怎么还能够希望保持一点内心的镇定和理想的信任呢！我要对你们说：这时候正是我们要培养我们的信心的时候！只要我们有信心，我们还有救。古人说："信心可以移山。"又说："只要工夫深，生铁磨成绣花针。"你不信吗？当拿破仑的军队征服普鲁士占据柏林的时候，有一位穷教授叫做 Fichte（约翰·戈特利布·费希特）的，天天在讲堂上劝他的国人要有信心，要信仰他们的民族是有世界的特殊使命的，是必定要复兴的。费希特死的时候（1814），谁也不能预料德意志帝国统一何时可以实现。然而不满五十年，新的统一的德意志帝国居然实现了。

一个国家的强弱盛衰，都不是偶然的，都不能逃出因果的铁律的。我们今日所受的苦痛和耻辱，都只是过去种种恶因种下的恶果。我们要收将来的善果，必须努力种现在的新因。一粒一粒的种，必有满仓满屋的收，这是我们今日应该有的信心。

我们要深信：今日的失败，都由于过去的不努力。

我们要深信：今日的努力，必定有将来的大收成。

佛典里有一句话："福不唐捐。"唐捐就是白白丢了。我们也应该说："功不唐捐！"没有一点努力是会白白丢了的。在我们看不见想不到的时候，在我们看不见想不到的方向，你瞧！你下的种子早已生根发叶开花结果了！

你不信吗！法国被普鲁士打败之后，割了两省地，赔了五十万万佛郎[1]的赔款。这时候有一位刻苦的科学家Pasteur（路易斯·巴斯德）终日埋头在他的实验室里做他的化学实验和微菌学研究。他是一个最爱国的人，然而他深信只有科学可以救国。他用一生的精力证明了三个科学问题：（1）每一种发酵作用都是由于一种微菌的发展；（2）每一种传染病都是由于一种微菌在生物体中的发展；（3）传染病的微菌，在特殊的培养之下，可以减轻毒力，使它从病菌变成防病的药苗。——这三个问题，在表面上似乎都和救国大业没有多大的关系。然而从第一个问题的证明，巴斯德定出做醋酿酒的新法，使全国的酒醋业每年减除极大的损失。从第二个问题的证明，巴斯德教全国的蚕丝业怎样选种防病，教

1 "佛郎"是"法郎"的旧译。"五十万万佛郎"即五十亿法郎。

全国的畜牧农家怎样防止牛羊瘟疫，又教全世界的医学界怎样注重消毒以减除外科手术的死亡率。从第三个问题的证明，巴斯德发明了牲畜的脾热瘟的疗治疫苗，每年替法国农家减除了二千万佛郎的大损失；又发明了疯狗咬毒[1]的治疗法，救济了无数的生命。所以英国的科学家 Huxley（赫胥黎）在皇家学会里称颂巴斯德的功绩时道："法国给了德国五十万万佛郎的赔款，巴斯德先生一个人研究科学的成绩足够还清这一笔赔款了。"

巴斯德对于科学有绝大的信心，所以他在国家蒙奇辱大难的时候，终不肯抛弃他的显微镜与试验室。他绝不想他的显微镜底下能偿还五十万万佛郎的赔款，然而在他看不见想不到的时候，他已创造了科学救国的奇迹了。

朋友们，在你最悲观最失望的时候，那正是你必须鼓起坚强的信心的时候。你要深信：天下没有白费的努力。成功不必在我，而功力必不唐捐。

一九三二年六月二十七日夜
任北京大学校长时在毕业典礼上的讲话

1　即狂犬病。

青年的出路和做人

郁达夫 著

主席，诸位，在这两星期当中，来找我谈话的朋友很多，演讲也讲了好多次，要说的话，差不多说完了。

诸位，人是一样的，我和各位也是一样的，关于知识和经验也是差不多。在过去，一般社会上的人就加一个专门名词在我身上——叫作浪漫派、颓废派作家——在最近上海、南京、浙江各报纸上，像开玩笑般，说我做官了。做官是有多种的，我们且先来解释这个“官”字。官尤事也，官者，人尽其责之谓也。若是如此，那做官就是做人。我现在即使做了一个芝麻绿豆官，也和我的做人并没有相背或转变的地方。

对社会，对国家有点贡献，不贪污，不敲吸民间的膏脂，这是正当的做官，像这种官，也大可以做得，可惜以前贪官污吏和“只许州官放火，不许百姓点灯”这一类的官太多，所以把“做官”二字弄得不好听了，现在的官，只变成升官发财，贪官污吏之官。故上海各报骂我写文章没出路，吃不饱饭，就跑到福建来"做官"了，像煞有介事的。

因此我便联想到青年出路问题，青年的出路，我以为可以分做积极和消极两方面来说。

说到积极方面，一个人是要生活的，是要从事生产的生活，能够利己利人才对。除做文章外，也可以从事生产事业，如工、农、商，等等，不过还是从小处做起，运用必要的技巧，去营生，去从事一切，才是正当的做人。譬如上海小说家天虚我生，从前是个杂文编著者，后来心机一转，觉得咬文嚼字，做做文章，并不是一个人的正当事业，于是就去改行从事实业去了，这我们当然不能够说他是不对。还有在山东有一位武训公，他是未受过教育的，到处受人奚落，后来，他发誓了，要办一个学校，可是他没有钱，他就去做了乞丐，到处行乞，结果，他办了二个、三个，以至十数个的学校。这也是做人不必尽走一条路的实例，只教目的、宗旨不变，手段是可以不问的。

以上数点足以证明做一件事情，应从小处着手，结果是会成功的，这些是积极解决生活问题的一面。在消极方面呢，当然是要把欲望降低才对。Maupassant（莫泊桑）的 *Necklace*（《项链》）故事，告诉我们一条假的项链和价值最贵项链，实用上也是一个样的。那女主人为了赔偿宝贵的项链而潦倒一生，由这故事，可以给我们很好的教训。

现在一般的青年，对于生活的欲望太高，在社会上得不到完满的生活，就想造成一篇暴力的文章，来左右社会。

此种现象，在东京、上海各地都有，福州也有，唯比较少一点。

至于我的个人生活，倒也是无所谓的，有钱我也是这样子，一天不吃饭，两个光饼过一天也行，一个星期没有钱用，我也并不要紧，故说一个人，对于生活的条件，不要太高，对于职业应该随便，如工、农、商等，小而卑的职业，都可去做，不要说是要做官，才算是工作。

今天我对演讲，是没有预备的，因为原定系十一时到十二时，在大清早起来，看到报纸上才晓得改为九时半，差不多是一起来，就走来了。

演讲，外国人的演讲，有些是讨论的方式，所以我今天也来模仿一下，暂定二十分钟……三十分钟，请诸位提出问题来讨论，因为单独一个说，有点像我一个人说得对，你们都不对的样子，故我特利用这个公开演讲的机会，来共同讨论问题。

关于文学介绍

这个题目，我前次在青年会已谈过了，记得在不久以前，上海有一班人，提倡“民族文学”是非常卖力的，结果是“此路不通”，到处碰壁，当时的人们，听到“民族文学”这四个字，就有点“头晕”，到了现在，就有事实来证明这“民族文学”怎样。

前几天晚上，有一个朋友来谈天，谈到现在很流行的报告文学，应该是文学中很重要的一支，此意很对。

报告文学是什么？

对内，用很浅显的笔调，来报告最近时事的消息，告诉在水平线下的大众，同时也可介绍国际上瞬刻万变的情形，告诉国际上的人们，对中国的注视，或动向等。

对外，报告些远东的风云，东方的习俗、民意，等等。

这一种报告文学，我相信，是能得到大家的欢迎，是能够一时得到效力的。

关于民族主义，浪漫、颓废主义

民族主义，我是不提倡，也不想打倒的。关于民族主义文学怎么样，我现在不愿意加个批评，唯各地多数刊物上，实际已经都是充满民族意识的文字了。

浪漫、颓废主义，以前很多人讲我是浪漫颓废主义者，这种论调，是非常不对的；“浪漫”，是每个人青年时代都有的，青年人对理想不符、社会不满，就起有破坏一切、打倒一切的心，这种精神，是西洋所说的浪漫主义的精神，我在年轻的时候，也有此种普通的习惯，故一般人均目我为浪漫、颓废主义者。现在，我一经年岁加增了一点，年轻时候的那种勇往直前、不顾一切的行为思想，都没有了。生活上因为在大病之后，也稍为改良，故一般人又说我是转变了，其实这也是环境使然的转变。

关于旧道德……

旧道德，是否应加发扬？事实是很明显的，时代如巨轮般流转，这个时代的环境背景是否还会适合那个环境所产生的旧道德呢？事实上是绝对不可能的。同时，旧道德中，充满着虚伪、自利、自私的成分，这一种倾向，是破坏社会秩序最大毒素。

总之，道德无所谓新旧，唯真纯的人才能够说得上“道德”二字，若言不顾行，行不顾言，那不管你天天在高叫道德，结果终是一个坏人。

最后，我并不是想在福建做官，在最近会到闽南闽北走一圈，我希望在后来，能够再和诸位见面，现在时候已不早了，就此完结散会罢。

一九三六年三月一日
在青年学术研究会演讲

正当的办法

傅斯年 著

凡认识蔡先生的，总知道蔡先生宽以容众。受教久的，更知道蔡先生的脾气，不严责人，并且不滥奖人，不像有一种人的脾气，称扬则上天，贬责则入地。但少人知道，蔡先生有时也很严词责人。我以受师训备僚属有二十五年之长久，颇见到蔡先生生气责人的事。他人的事我不敢说，说和我有关的。

（一）蔡先生到北大的第一年中，有一个同学，长成一副小官僚的面孔，又做些不满人意的事，于是同学某某在西斋（寄宿舍之一）壁上贴了一张“讨伐”的告示；两天之内，满墙上出了无穷的匿名文件，把这个同学骂了个“不亦乐乎”。其中也有我的一件，因为我也极讨厌此人，而我的匿名揭帖之中，表面上都是替此君抱不平，深的语意，却是挖苦他。为同学们赏识，在其上浓圈密点，批评狼藉。这是一时学校中的大笑话。过了几天，蔡先生在一大会中演说，最后说到此事，大意是说：

诸位在墙壁上攻击 ×× 君的事，是不合做人的道理的。诸君对 × 君有不满，可以规劝，这是同学的友谊。若以为不可规劝，尽可对学校当局说，这才是正当的办法。至于匿名揭帖，受之者纵有过，也决不易改悔，而施之者则为丧失品性之开端。凡作此事者，以后都要痛改前非，否则这种行动，必是品性沉沦之渐。

这一篇话，在我心中生了一个大摆动。我小时，有一位先生教我“正心”“诚意”“不欺暗室”，虽然《大学》念得滚熟，却与和尚念经一样，毫无知觉；受了此番教训，方才大彻大悟，从此做事，决不匿名，决不推自己责任。大家听蔡先生这一段话之后印象如何我不得知，但北大的匿名“壁报文学”从此减少，几至绝了迹。

（二）蔡先生第二次游德国时，大约是在民国十三年吧，那时候我也是在柏林。蔡先生到后，我们几个同学自告奋勇照料先生，凡在我的一份中，无事不办了一个稀糟。我自己自然觉得非常惭愧，但蔡先生从无一毫责备。有一次，一个同学给蔡先生一个电报，说是要从莱比锡来看蔡先生。这个同学出名的性情荒谬，一面痛骂，一面要钱，我以为他此行必是来要钱，而蔡先生正是穷得不得了，所以与三四同学主张去电谢绝他，以此意陈告先生。先生沉吟一下说：“《论语》上有几句话，‘人洁己以进，与其洁也，不保其往也。与其进也，不与其退也，唯何甚。’你说他无聊，但这样拒人于千里之外，他能改了他的无聊吗？”

于是我又知道读《论语》是要这样读的。

（三）北伐胜利之后，我们的兴致很高。有一天在先生家中吃饭，有几个同学都喝醉了酒，蔡先生喝的更多，不记得如何说起，说到后来我便肆口乱说了。我说："我们国家整好了，不特要灭了日本小鬼，就是西洋鬼子，也要把他赶出苏彝士运河以西，自北冰洋至南冰洋，除印度、波斯、土耳其以外，都要'郡县之'。"蔡先生听到这里，不耐烦了，说："这除非你作大将。"蔡先生说时，声色俱厉，我的酒意也便醒了。

此外如此类者尚多，或牵连他人，或言之太长，姑不提。即此三事，已足证先生责人之态度是如何诚恳而严肃的，如何词近而旨远的。

一九四〇年三月二十四日

摘自《我所景仰的蔡先生之风格》

青年节对青年讲话

许地山 著

在二十二年前的今日也是个星期日，我还在燕京大学读书。当日在天安门聚齐，怎样向东交民巷交涉，怎样到栖凤楼去，到现在还很明显地一桩一件出现在我的回忆里。不过今天我没工夫对诸位细说当日的情形与个人的遭遇，所要说的只是“五四”运动的意义，与今后我们青年人所当努力的事情。

大学生对于社会与政治的关心，是我们自古以来的传统理想，因为求学目的是在将来能为国家服务，同时也是训练各人对于目前的政治与社会问题的态度与解答。当国家在危难时期，尤其需要青年对于种种问题与实况，有深切的了解与认识。他们得到刺激之后，更能为国认真向学，并努力做人。我们常感觉到年长的执政者们，有时候脑筋会迟钝一点，对于当前问题的感觉未必会像青年人那么敏锐，又因为他们的生活安定了，虽然经验与理智告诉他们应当怎样做，他们却不肯照所知所见，与所当走的路途去做去行。因此，青年人的政治意见的表示，就很可以刺激他们，使他们详加考虑和审慎地决断。“五四”运动的意义是在这点上头，不幸事件的发生，不过是偶然的。若以打人烧屋来赞扬“五四”运动当日的学生，那就是太低看了那次的学生行为了。

“五四”运动的光荣是过去了。好汉不说当年勇，我们有为的青年应当努力于现在与将来，使中国能够发展成为一个近代的国家。我每觉得我们国民的感觉太迟钝，做事固然追不上时间，思想更不用说，在教育界中间甚至有些人一点思想，一毫思想都没有。教书的人没有教育良心，读书的人没有学习毅力，互相敷衍，互相标榜，互相欺骗。当日“五四”的学生，今日有许多已是操纵国运的要人，试问他们有了什么成绩，有许多人甚且回到科举时代的习尚，以为读书人便当会做诗、写字、绘画，不但自己这样做，并且鼓励学生跟着他们将有用的时间，费在无用或难以成功的事情上。他们盲目地鼓吹保存国粹，发展中国固有文化，不知道他们所保存的只是国渣滓而已。试拿保存中国文字一件事来说，我如果不认定文字不过是传达思想的工具，就会看它为民族的神圣遗物，永远不敢改变它，甚至会做出错误的推理说，有中国文字然后有中国文化，但是我们要知道中国文字并未发展到科学化的阶段便停止了。生于现代而用原始的工具，无论如何是有害无利的。现代的文明是速度的文明，人家的进步一日万里，我们还在抱残守阙，无论如何，是会落后的。中国文字不改革，民族的进步便无希望。这是我敢断言的。我敢再进一步说，推行注音字母还不够，非得改用拼音字不可。现在许多青年导师，不但不主张改革中国文字，反而提倡书法，以为中国字特别具有艺术价值，值得提倡。说这样话的人们，大概没到过欧美图书馆去看看中古时代，僧侣们写的《圣经》和其他稿本。写的文字形式一样可以令人发生美感。古人闲得很，可以多用工夫消磨在写字上。现代人若将时间这样浪费，那就不应当了。文字形式的美，与其他器具，如椅桌等的一样，它的美的价值与纯艺术，与绘画雕刻等不同，因为它主要目的在用而不在欣赏。我们要将用来变成欣赏也未尝不可，甚至欣赏到无用而有害的东西，如吸烟、打吗啡之类，也只得由人去做，不过不是应当青年人提倡的种种。近日有人教狗虱做戏，在技巧方面说是可以的，若是当它做艺术看那就太差了。提倡书法也与提倡做狗虱戏一样无关大雅，近日人好皮毛的名誉，以为能写个字，能画两笔，便是名家。因此，不肯从真学问处下功夫，这是太可惜太可怜了。

青年节是含有训练青年人的政治意识与态度的作用的。我们的民族正入到最危难的关头，国民对于民族生存的大目标固然要一致，为达到生存的安全也要一致地努力，但对于国家前途的计划，意见纵然不一致，也当彼此容忍，开诚布公，使磨擦减少。须知我们自己若不能相容，我们便不配希望人家的帮助与同情。我们对内的严重症结在贪污及政治团体的意见分歧与互相猜忌，国防只是党防，抗战不能得预期的效果多半是由于被上头所指出的贪污的绳与猜忌的索绊缠，这样下去，哪能了得？前几日偶然翻到日本平凡社刊行的百科大事汇，在“缅甸”一条里，论者说缅甸人性好猜忌，是亡国民族的特征。编者对缅甸人的观察与判断我不敢赞同，但亡了国之后，凡人类所有的劣根性都会意外地被指摘出来。我也承认亡国民族有他的特征，而这些都是积渐发展而来的。前七八年我写了一篇《伟大民族的条件》的论文，在北平《晨报》发表过，我的中心意见是以为伟大民族不是天生成的，须要劣根性排除，自己努力栽培自己使他习惯成自然，自然就会脱离蛮野人与鄙野人的境地。我现在要讲亡国民族的特征，除了上头所讲的两点以外，我们可以说还有五点。一、嫉妒。没落的民族的个人总是希望人家的能力、学力等都不如他。凡有比他好的，就是一分一毫，他也很在意。他专会对别人算账，自己的胡涂账却不去问，总要拿自己来与人家比，看不得一件好事情一个好见地给别人做了或提出来了，他非尽力破坏不可。这是亡国民族的一个特征。二、好名。亡国民族的个人因为地位上已有高下，尤其喜欢得着虚名，但由自己的努力得来的名誉是很少见的。名誉的来到，多是由于同党者的互相标榜。做事不认真，却要得到人家的赞美。现在单从学术的研究来说，我们常常看见报上登载的某某发明什么东西比外国发明更好。更好，固然是应该，但要不自吹。东西真是超越，也不必鼓吹。而且许多与国防上有关的发明，若是这样大吹大擂地刊报出来，岂不是大有损害？我们看见这样大吹大擂的报道，总会感觉到只是发明家的好名，并非他真有所发明。三、无恒。亡国的民族个人多半不肯把一件事情做好。他做事多半为名为利，从不肯牢站在自己的岗位。凡事，只要能使他的生活安适一点，不一定是能使他的事业更有成就的，他必轻易地改变他的职业。这样永远只能在人家支配之下讨生活，永不会有什么成就的。四、无情。中国一讲到无情便联想到无义，所以无情无义是相连的。一个人对别人的痛苦艰难，毫不关心，甚至只知道自己的利益与安适，不顾全大局，间接地吃人肉，直接地掠人财。在这几年的抗战期间，出了一批发国难财的“官商”与“商官”！他们假公济私，对于民众需要的生存与生活资料用巧妙的方法榨取与禁制，凡具有些许人心的人，对于他们无不痛恨。这种无同情心的情形，在亡国的民族中更显现得明白。五、无理想。每一个生存着和生长着的民族必定有他的生存理想。远大的理想本来不容易产生，不过要有民族永远的生存就得立一个共同的理想。在亡国民族中间，“理想”是什么还莫名其妙，那讲什么理想呢？因为自己没有理想，所以自己的行为便翻来覆去，自己的言论便常露出矛盾的现象。女人们都要争妇女地位，反对纳妾，可是有多少受高等教育的女子们，愿意去做大官阔贾的“夫人”，只要“如”字不要，便可以自欺欺人。她们反对男子纳妾，自己却甘心作妾。还有许多政客官僚，为自己的地位与权力，忘记了他们平日的主张，在威迫利诱之下，便不顾一切，去干卖国卖群的勾当。“五四”时代热心青年中间不少是沉沦了的，这里我也不愿意多说了。以上所讲的几点，不是说我们的民族中间都已有了这些特征，只是为要提醒我们，教大家注意一下。我们不要想着亡了国是和古时换了一个朝代一样。现代的亡国现象，决不是换朝代，是在种族上被烙上奴隶的铁印，子子孙孙永远挣扎不起来。在异族统治底下，上头所举的几个劣根性，要特别地被发展起来。颓废的生活，自我的享受，成为一般亡国民族的生活，因为在生活的、进展的机会上，样样是被统治了的。第一是学术统制。近代的国家，感觉到将来的战争会趋于脑力高下的争斗，凡有新知识，已经秘藏了许多。去外国留学已不如从前，那么容易得人家的高深学问，将来可以料想得到，除掉街头巷尾可以买得到的教科书以外，稍为高等和专门一点的书籍，恐怕也要被统制起来，非其族人，决不传授。这样的秦皇政策，我恐怕在最近就会渐渐施行起来的。学力比人差，当然得死心塌地地受人家支配，做人家的帮手。第二是职业会受统制。就算你有同等学力与经验，在非我族类的原则底下，你是不能得到相当的职业的。有许多事业，人家决不会让你去做。一个很重要的机关，你当然不能希望进得去那门槛。就是一件普通的事，也得先用自己的人，这样你纵然有很大的才干，也是没有机会发展出来了。第三是经济的统制。在奴主关系民族中间，主民族的生活待遇不用说是从奴民族榨取的。所以后者所受的待遇决不能比前者好。主人吃的是肉，狗龈的是骨头是永世不易的公例。经济能力由于有计划的统治，便会越来越小，越小就越不敢生育。纵使生育子女，也没有力量养育他们，这样下去，民族的生存便直接受了影响。数百年后，一个原先繁荣的民族，就会走到被保存的地步。我很怕将来的中华民族也会像美洲的印第安人一样，被划出一个地方，做为民族的保存区域，留一百几十万人，做为人类过去种族与一种文化民族的遗型，供人家的学者来研究，三时五时到那区域去，看看中国人怎样用毛笔画小鸟、写草字，看看中国人怎样拜祖先和打麻雀。种种色色，我不愿意再往下说了。我只要提醒诸位，中国的命运是在青年人手里。青年现在不努力挣扎，将来要挣扎就没有机会了。将来除了用体力去换粥水以外，再也不能有什么发展了。我真是时时刻刻为中国的前途捏一把冷汗。

青年节本不是庆祝的性质，我们不是为找开心来的。我们要在这个时节默想我们自己的缺点，与补救的方法。我们当为将来而努力，回想过去，乃是帮助我们找寻新路径的一个方法。所以青年节对于我们是有意义的。若是大家不忘记危亡的痛苦，大家努力向前向上，大家才配纪念这个青年节。我们可以说“五四”过去的成绩，是与现在的青年没有关系的。我们今后的成绩，才与现在青年节有关系。

一九四一年

自我批判

傅雷 著

你的生活我想象得出，好比一九二九年我在瑞士。但你更幸运，有良师益友为伴，有你的音乐做你崇拜的对象。我二十一岁在瑞士正患着青春期的、浪漫底克[1]的忧郁病；悲观，厌世，徬惶，烦闷，无聊；我在《贝多芬传》译序中说的就是指那个时期。孩子，你比我成熟多了，所有青春期的苦闷，都提前几年，早在国内度过；所以你现在更能够定下心神，发愤为学；不至于像我当年蹉跎岁月，到如今后悔无及。

你的弹琴成绩，叫我们非常高兴。对自己父母，不用怕“自吹自捧”的嫌疑，只要同时分析一下弱点，把别人没说出而自己感觉到的短处也一齐告诉我们。把人家的赞美报告我们，是你对我们最大的安慰；但同时必须深深地检讨自己的缺陷。这样，你写的信就不会显得过火；而且这种自我批

1　即罗曼蒂克。

判的功夫也好比一面镜子，对你有很大帮助。把自己的思想写下来（不管在信中或是用别的方式），比着光在脑中空想是大不同的。写下来需要正确精密的思想，所以写在纸上的自我检讨，格外深刻，对自己也印象深刻。你觉得我这段话对不对？

我对你这次来信还有一个很深的感想。便是你的感受性极强，极快。这是你的特长，也是你的缺点。你去年一到波兰，弹 Chopin（萧邦）的 style（风格）立刻变了；回国后却保持不住；这一回到波兰又变了。这证明你的感受力快极。但是天下事有利必有弊，有长必有短，往往感受快的，不能沉浸得深，不能保持得久。去年时期短促，固然不足为定论。但你至少得承认，你的不容易"牢固执着"是事实。我现在特别提醒你，希望你时时警惕，对于你新感受的东西不要让它浮在感觉的表面；而要仔细分析，究竟新感受的东西，和你原来的观念、情绪、表达方式有何不同。这是需要冷静而强有力的智力，才能分析清楚的。希望你常常用这个步骤来"巩固"你很快得来的新东西（不管是技术是表达）。长此做去，不但你的演奏风格可以趋于稳定、成熟（当然所谓稳定不是刻板化、公式化）；而且你一般的智力也可大大提高，受到锻炼。孩子！记住这些！深深地记住！还要实地做去！这些话我相信只有我能告诉你。

还要补充几句：弹琴不能徒恃 sensation（感觉），sensibility（感受，敏感）。那些心理作用太容易变。从这两方面得来的，必要经过理性的整理、归纳，才能深深地化入自己的心灵，成为你个性的一部分，人格的一部分。当然，你在波兰几年住下来，熏陶的结果，多少也（自然而然地）会把握住精华。但倘若你事前有了思想准备，特别在智力方面多下功夫，那末你将来的收获一定更大更丰富，基础也更稳固。再说得明白些：艺术家天生敏感，换一个地方，换一批群众，换一种精神气氛，不知不觉会改变自己的气质与表达方式。但主要的是你心灵中最优秀最特出的部分，从人家那儿学来的精华，都要紧紧抓住，深深地种在自己性格里，无论何时何地这一部分始终不变。这样你才能把独有的特点培养得厚实。

你记住一句话：青年人最容易给人一个“忘恩负义”的印象。其实他是眼睛望着前面，饥渴一般的忙着吸收新东西，并不一定是“忘恩负义”；但懂得这心理的人很少；你千万不要让人误会。

一九五四年八月十一日

摘自《傅雷家书》

婆婆话

老舍 著

一位友人从远道而来看我，已七八年没见面，谈起来所以非常高兴。一来二去，我问他有了几个小孩？他连连摇头，答以尚未有妻。他已三十五六，还作光棍儿，倒也有些意思；引起我的话来，大致如下：

我结婚也不算早，作新郎时已三十四岁了。为什么不肯早些办这桩事呢？最大的原因是自己挣钱不多，而负担很大，所以不愿再套上一份麻烦，作双重的马牛。人生本来是非马即牛，不管是贵是贱，谁也逃不出衣食住行，与那油盐酱醋。不过，牛马之中也有些性子刚硬的，挨了一鞭，也敢回敬一个别扭。合则留，不合则去，我不能在以劳力换金钱之外，还赔上狗事巴结人，由马牛降作走狗。这么一来，随时有卷起铺盖滚蛋的可能，也就得有些准备；积极的是储蓄俩钱，以备长期抵抗；消极的是即使挨饿，独身一个总不致灾情扩大。所以我不肯结婚。卖国贼很可以是慈父良夫，错处是只尽了家庭中的责任，而忘了社会国家。我的不婚，越想越有理。

及至过了三十而立，虽有桌椅板凳亦不敢坐，时觉四顾茫然。第一个是老母亲的劝告，虽然不明说：“为了养活我，你牺牲了自己，我是怎样的难过！”可是再说硬话实在使老人难堪；只好告诉母亲：不久即有好消息。君子一言，驷马难追；一透口话，就满城风雨。朋友不论老少男女，立刻都觉得有作媒的资格，而且说得也确是近情近理；平日真没想到他们能如此高明。最普遍而且最动听的——不晓得他们都是从哪儿学来的这一套？——是：老光棍儿正如老姑娘。独居惯了就慢慢养成绝户脾气——万要不得的脾气！一个人，他们说，总得活泼泼的，各尽所长，快活的忙一辈子。因不婚而弄得脾气古怪，自己苦恼，大家不痛快，这是何苦？这个，的确足以打动一个卅多岁，对世事有些经验的人！即使我不希望升官发财，我也不甘成为一个老别扭鬼。

那么经济问题呢？我问他们。我以为这必能问住他们，因为他们必不会因为怕我成了老绝户而愿每月津贴我多少钱。哼，他们的话更多了。第一，两个人的花销不必比一个人多到哪里去；第二，即使多花一些，可是苦乐相抵，也不算吃亏；第三，找位能挣些钱的女子，共同合作，也许从此就富裕起来；第四，就说她不能挣钱，而且多花一些，人生本来是经验与努力，不能永远消极的防备，而当努力前进。

说到这里，他们不管我相信这些与否，马上就给我介绍女友了。仿佛是我决不会去自己找到似的。可是，他们又有文章。恋爱本无须找人帮忙，他们晓得；不过，在恋爱期间，理智往往弱于感情；一旦造成了将错就错的局面，必会将恩作怨，糟糕到底。反之，经友人介绍，旁观者清，即使未必准是半斤八两，到底是过了磅的有个准数。多一番理智的考核，便少一些感情的瞎碰。双方既都到了男大当娶，女大当聘之年，而且都愿结婚，一经介绍，必定郑重其事的为结婚而结婚，不是过过恋爱的瘾。况且结婚就是结婚；所谓同居，所谓试婚，所谓解性欲问题，原来都是这一套。同居而不婚，也得两人吃饭，也得生儿养女；并不因为思想高明，而可以专接吻，不用吃饭！

我没有办法。你一言，我一语，说得我心中闹得慌。似乎只有结婚才能心静，别无办法。于是我就结了婚。

到如今，结婚已有五年，有了一儿一女。把五年的经验和婚前所听到的理论相证，也倒怪有个味儿。

第一该说脾气。不错，朋友们说对了：有了家，脾气确是柔和了一些。我必定得说，这是结婚的好处。打算平安地过活必须采纳对方的意见，阳纲或阴纲独振全得出毛病；男女同居，根本需要民治精神，独裁必引起革命；努力于此种革命并不足以升官发财，而打得头破血出倒颇悲壮而泄气。彼此非纳着点气儿不可，久而久之都感到精神的胜利，凡是可以和平解决，夫妇俱可成圣矣。

这个，可并不能完全打倒我在婚前的主张：独身气壮，天不怕地不怕；结婚气馁，该瞅着的就得低头。我的顾虑一点不算多此一举。结了婚，脾气确是柔和了，心气可也跟着软下来。为两个人打算，绝不会像一人吃饱天下太平那么干脆。于是该将就者便须将就，不便挺起胸来大吹浩然之气，恋爱可以自由，结婚无自由。

朋友们说对了。我也并没说错。这个，请老兄自己去判断，假如你想结婚的话。

第二该说经济。现在，如果再有人对我说，两人花钱不见得比一人多，我一定毫不迟疑的敬他一个嘴巴子。两人是两人，复数加“s”，钱也得随着增加。是的，太太可以去挣钱，两人比一人挣的多；可是花得也多呀。公园，电影场，绝不会有“太太免票”的办法，别的就不用说了。及至有了小孩，简直的就不能再有什么预算决算，小孩比皇帝还会花钱。太太的事不能再做，顾了挣钱就顾不了小孩，因挣钱而把小孩养坏，照样的不上算；好，太太专看小孩，老爷专去挣钱，小孩专管花钱，不破产者鲜矣。

自然小孩会带来许多快乐，做了父母的夫妻特别的能彼此原谅，而小胖孩子又是那么天真可爱，单单的伸出一个胖手指已足使人笑上半天。可是，小胖子可别生病；一生病，爸的表，娘的戒指，全得暂入当铺，而且昼夜吃不好，睡不安，不亚于国难当前。割割扁桃腺，得一百块！幸亏正是扁桃腺，这要是整个的圆桃，说不定就得上万！以我自己说，我对儿女总算不肯溺爱，可是只就医药费一项来说，已经使我的肩背又弯了许多。有病难道不给治吗？小孩真是金子堆成的。这还没提到将来的教育费——谁敢去想，闭着眼瞎混吧！

有人会说喽，结婚之后顶好不要小孩呀。不用听那一套。我看见不少了，夫妻因为没有小孩而感情越来越坏，甚至去抱来个娃娃，暂时敷衍一下。有小孩才像家庭；不然，家庭便和旅馆一样。要有小孩，还是早些有的为是，一来，妇女岁数稍大，生产就更多危险；二来，早些有子女，虽然花费很多，可是多少能早些有个打算，即使计划不能实现，究竟想有个准备；一想到将来，便想到子女，多少心中要思索一番，对于做事花钱就不能不小心。这样，夫妇自自然然的会老成一些了。要按着老法子说呢，父母养活子女，赶到子女长大便倒过头来养活父母。假如此法还能适用，那么早有小孩，更为上算。假如父亲在四十岁上才有了儿子，儿子到二十的时候，父亲已经六十了；说不定，也许活不到六十的；即使儿子应用古法，想养活父亲，而父亲已入了棺材，哪能喝酒吃饭？

这个，朋友，假若你想结婚的话，又该去思索一番。娶妻需花钱，生儿养女需花钱，负担日大，肩背日弯，好不伤心；同时，结婚有益，有子女也有乐趣，即使乐不抵苦，可是生命至少不显着空虚。如何之处，统希鉴裁！

至于娶什么样的太太，问题太大，一言难尽。不过，我看出这么点来：美不是一切。太太不是图画与雕刻，可以用审美的态度去鉴赏。人的美还有品德体格的成分在内。健壮比美更重要。一位爱生病的太太不大容易使家庭快乐可爱。学问也不是顶要紧的，因为有钱可以自己立个图书馆，何必一定等太太来丰富你的或任何人的学问？据我看，结婚是关系于人生的根本问题的；即使高调很受听，可是我不能不本着良心说话，吃，喝，性欲，繁殖，在结婚问题中比什么理想与学问也更要紧。我并不是说妇人应当只管洗衣做饭抱孩子，不应读书做事。我是说，既来到婚姻问题上，既来到家庭快乐上，就趁早不必唱高调，说那些闲盘儿。这是个实际问题，是解决生命的根源上的几项问题，那么，说真实的吧，不必弄一套之乎者也。一个美的摆设，正如一个有学问的摆设，都是很好的摆设，可是未见得是位好的太太。假若你是富家翁呢，那就随便的弄什么摆设也好。不幸，你只是个普通的人，那么，一个会操持家务的太太实在是必要的。假如说吧，你娶了一位哲学博士，长得也顶美，可是一进厨房便觉恶心，夜里和你讨论康德的哲学，力主生育节制，即使有了小孩也不会抱着，你怎办？听我的话，要娶，就娶个能作贤妻良母的。尽管大家高喊打倒贤妻良母主义，你的快乐你知道。这并不完全是自私，因为一位不希望作贤妻良母的满可以不嫁而专为社会服务呀。假如一位反抗贤妻良母的而又偏偏去嫁人，嫁了人连自己的袜子都不会或不肯洗，那才是自私呢。不想结婚，好，什么主义也可以喊；既要结婚，须承认这是个实际问题，不必弄玄虚。夫妻怎不可以谈学问呢；可是有了五个小孩，欠着五百元债，明天的房钱还没指望，要能谈学问才怪！两个帮手，彼此帮忙，是上等婚姻。

有人根本不承认家庭为合理的组织，于是结婚也就成为可笑之举。这，另有说法，不是咱们所要谈的。咱们谈的是结婚与组织家庭，那么，这套婆婆话也许有一点点用，多少的备你参考吧。

一九五六年九月五日
《中流》第一卷第一期

（全书完）

编后记

青春之美好，在于其中所包含的巨大可能：年轻人有大把大把的机会，去试错、去成功。然而，这份巨大的可能性，也是无形的压力：选择越多，就越容易惶惑、焦虑、不知所措……这时，倘若有机会听一听智者们的人生建议，或许会让青年人少些困惑，多些勇气。

出于这个考虑，编者遴选了24位中外名作家的精彩文章以飨读者。在这些文章中，我们可以读到，伟人们所经历过的青春困惑，与常人也无甚差异。他们也曾受挫折，他们也曾孤独无助，他们也曾对未卜的前程感到迷惑，他们也曾为了渴望成功而焦虑……捧读起书中的文章，读者们想必会感同身受；但更重要的是，伟人们的文字不仅贴心，也将澄明我们的心境。编者衷心希望，这本充满着睿智洞见的小文集，能成为陪伴青年闯荡世界的人生智慧书。

最后，有两点编辑上的说明。第一，本书所辑录的文章，大多都有一定的年代感，尤其中国作家们的文章，在行文风格上有鲜明的时代性。若干字、词、标点等使用不合现代规范的，编者已按最新标准作了修正。其余出于尊重作者、保持原文风格等考虑，则保留原来用法。第二，同样因时代之局限，本书所辑文章的各观点均带作者视角，不少观念有着强烈的时代烙印，偏颇之处，时而有之，请读者细审明辨。

扫一扫，测测在经典文学的平行时空中，你是哪一个角色？
经典，你真的读懂了吗？

关注“2040 BOOKSTORE”，
一张图，读懂世界经典名著。

祝你快乐勇敢

产品经理｜张　鑫
陈哲泓
产品监制｜何　娜
封面插画｜童　卉
装帧设计｜欧阳颖
技术编辑｜朱君君
责任印制｜梁拥军
出 品 人｜吴　畏

图书在版编目（CIP）数据

祝你快乐勇敢 / 果麦编 . -- 上海 : 上海文化出版社 , 2019.6

ISBN 978-7-5535-1591-5

Ⅰ . ①祝… Ⅱ . ①果 …Ⅲ . ①世界文学－作品综合集 Ⅳ . ① I11

中国版本图书馆 CIP 数据核字 (2019) 第 093524 号

出 版 人：姜逸青
责任编辑：郑 梅
特约编辑：张 鑫 陈哲泓
装帧设计：欧阳颖

书　　名：祝你快乐勇敢
作　　者：果麦（编）
出　　版：上海世纪出版集团　上海文化出版社
地　　址：上海绍兴路 7 号
发　　行：果麦文化传媒股份有限公司
印　　刷：北京盛通印刷股份有限公司
开　　本：787mm×1092mm　1/32
印　　张：5.5
插　　页：4
字　　数：105 千字
印　　次：2019 年 6 月第 1 版　2019 年 6 月第 1 次印刷
印　　数：1–8,000
书　　号：ISBN 978-7-5535-1591-5
定　　价：45.00 元

如发现印装质量问题，影响阅读，请联系 021–64386496 调换。